W0324411

On m'appelle Tamanoir

Christine Nöstlinger

On m'appelle Tamanoir

traduit de l'allemand par Geneviève Granier

Médium
11, rue de Sèvres, Paris 6e

Du même auteur, à l'école des loisirs

Dans la collection Médium :

Catastrophe
Wetti et Babs

© 1987, l'école des loisirs, Paris, pour l'édition en langue française
© 1986, Verlag Friedrich Oetinger, Hambourg
Titre original : « Man nennt mich Ameisenbär... »
(Verlag Friedrich Oetinger, Hambourg)
Loi numéro 49.956 du 16 juillet 1949 sur les publications destinées à la jeunesse : septembre 1987
Dépôt légal : novembre 2002
Imprimé en France par Bussière Camedan Imprimeries à Saint-Amand-Montrond
N° d'édit. : 4613. N° d'impr. : 025393/1.

Sommaire

I

Une mystérieuse disparition.
Une fille se rebelle
contre les préjugés tenaces de sa mère.

– Mais enfin, ce n'est pas possible ! Ce n'est vraiment pas possible ! murmura Sophie.

Elle tournait et s'activait dans la salle de séjour, ramassait des journaux, les reposait, jetait les coussins en soie en bas du canapé, soulevait les coins du tapis, tirait la couverture en patchwork du fauteuil en cuir, l'examinait minutieusement, ouvrait et refermait les tiroirs du placard en murmurant sans arrêt : « Mais enfin, ce n'est pas possible ! Ce n'est vraiment pas possible ! »

Maman était assise à la table et lisait un feuilleton dans un illustré. L'un des coussins en soie que Sophie avait jetés du canapé atterrit à ses pieds. Maman leva les yeux.

– Tu cherches encore quelque chose, mon trésor ?

Sophie la regarda avec amertume.

– C'est bien la millième fois que je demande si quelqu'un a vu une photo par ici, siffla-t-elle, et tu me demandes si je cherche quelque chose !

– Excuse-moi, mon trésor ! (Maman referma son illustré.) Quand je lis, le monde peut s'écrouler autour de moi ! De quelle photo s'agit-il ?

– Une photo de moi ! s'écria Sophie avec impatience. Celle que l'oncle Edi a prise hier ! Celle où j'ai le pyjama rouge et où je suis assise en tailleur sur le tapis ! Elle était là il y a quelques minutes ! Exactement ici !

Sophie pointa un doigt accusateur sur le grand canapé noir.

– A présent elle a disparu de la circulation ! Partie ! Plus rien !

– Elle finira bien par réapparaître, dit Maman.

– J'en ai besoin maintenant, se lamenta Sophie. Tout de suite !

– Pourquoi ? Si tu veux voir ta tête, tu n'as qu'à te regarder dans la glace.

– Ha, ha, très spirituel !

Sophie leva les yeux au ciel et fit la grimace.

– Tu devrais être contente d'avoir une mère aussi spirituelle, dit Maman.

– Tu me tapes sur les nerfs, cria Sophie. J'ai besoin de cette photo de toute urgence ! Dans une heure, la rédaction se réunit. La photo doit paraître dans le journal des élèves. Je suis rédactrice depuis la semaine dernière, et toute nouvelle rédactrice doit être présentée aux lecteurs !

– Eh bien, prends une autre photo ! dit Maman en désignant du doigt le grand placard. Nous conservons tes charmes par piles entières là-dedans !

– C'est cette photo que je veux ! dit Sophie en tapant du pied.

– As-tu regardé sous le canapé ?

Sophie tapa encore une fois du pied.

– Je ne peux pas regarder dessous, il touche le sol !

– Tu n'as qu'à le déplacer !

– Je ne peux pas, parce que devant ce canapé de merde, il y a ce tapis de merde !

Sophie, furieuse, tirait sur un des accoudoirs pour démontrer qu'il était impossible de pousser le canapé sur l'épais tapis.

– Soulève-le, mon trésor ! conseilla Maman.

Sophie brailla :

– Essaie donc toi-même de soulever cette caisse de merde ! Elle pèse au moins mille kilos !

– Mon trésor, dit Maman en se levant, si tu ne connaissais pas les mots « merde » et « mille », tu serais incapable de t'exprimer !

– Tu me tapes sur les nerfs !

– Tu l'as déjà dit, mon trésor. Il ne faut pas se répéter, ça affaiblit le message ! Et au cas où tu aurais besoin d'un conseil, mon trésor, laisse-moi te faire remarquer qu'il te suffit de rouler le tapis pour pouvoir déplacer facilement le canapé.

– Mais il y a au moins mille choses sur ce tapis de merde !

– Tu exagères à la puissance deux cent cinquante, dit Maman.

Sophie lui jeta un regard venimeux puis se mit à pousser le fauteuil en cuir et la table basse, le tabouret en forme de selle de chameau et le lampadaire. Ensuite elle roula une moitié du tapis.

Dessous, le sol était plutôt poussiéreux. Sophie éternua.

– Eloigne-toi, mon trésor. Ce n'est pas un endroit pour toi, dit Maman.

Sophie éternua de nouveau.

– Eloigne-toi donc, mon trésor! répéta Maman avec impatience.

Sophie murmura : «Merde, sacré bonsoir, maintenant je vais éternuer au moins mille fois», et elle sortit de la salle de séjour en éternuant avec application.

Maman cria: «Thesi, ma biquette, où es-tu? Thesi, ma biquette, j'ai besoin de toi!»

Thesi était assise sur la table de la cuisine et s'empiffrait de tartines beurrées à la confiture de fraise.

– Je suis à la cuisine, cria-t-elle. Qu'est-ce que tu veux?

– De l'aide! répondit Maman.

Thesi posa sa tartine, sauta de la table et courut dans la salle de séjour.

– Que dois-je faire?

– M'aider à pousser le canapé, dit Maman.

– Pour quoi faire? demanda Thesi.

– Parce qu'il paraît qu'il y a dessous une photo de ta chère sœur qui doit s'étaler sur la première page de votre journal des élèves et que je ne peux pas pousser seule le canapé!

Thesi tira sur un des accoudoirs, Maman sur l'autre. Le canapé était vraiment incroyablement lourd.

– Et pourquoi est-ce moi qui dois faire ça? haleta Thesi. Pourquoi pas elle?

Maman montra du doigt le parquet poussiéreux.

– Parce qu'elle est allergique à la poussière!

Thesi secoua la tête, saisit l'accoudoir de toutes ses forces et tira. Le canapé glissa vers l'avant. Un peigne rouge, un stylo à bille bleu, un noyau de cerise et une pièce de dix centimes apparurent alors. Mais pas de photo de Sophie.

– Ta très chère sœur n'a certainement jamais laissé cette satanée photo sur le canapé; elle l'aura perdue ailleurs, dit Maman. On imagine souvent des choses comme ça! On en mettrait sa main au feu! C'est un tel foutoir chez elle qu'elle ne sait plus où sont ses affaires!

Thesi voulut repousser le canapé contre le mur, mais Maman trouva que c'était l'occasion ou jamais de nettoyer et alla chercher l'aspirateur. Thesi n'aimait pas le bruit de cet engin. Elle retourna à la cuisine et termina sa tartine de confiture.

De la salle de séjour, on percevait le ronflement de l'aspirateur. De la chambre de Sophie, des éternuements. Quand le nez de Sophie était irrité, il ne se calmait pas facilement. Lorsque Thesi eut terminé son pain, sa fringale n'avait pas diminué. Elle souleva le couvercle du congélateur et farfouilla parmi les sacs en plastique et les boîtes jusqu'à ce qu'elle eût trouvé un sac rempli de fraises congelées. Elle en sortit deux grosses, dures comme de la pierre, qu'elle se fourra dans la bouche. Puis elle referma le couvercle, quitta la cuisine, alla dans sa chambre et ferma à clé derrière elle. Elle s'assit à son bureau, tout en suçant les fraises dures et glacées. Elles étaient encore trop froides pour avoir un goût de fraise. Thesi essaya de mordre dedans. Trop dures aussi pour ça. Thesi les cracha alors dans sa corbeille à papier, sortit d'un tiroir de son bureau un bloc de papier à lettres bleu ciel avec une rose rouge en haut à gauche et écrivit :

Cher Axel,

Je t'ai déjà écrit une longue lettre hier, mais j'ai hélas complètement oublié de t'envoyer la photo que tu m'avais demandée. Sorry ! Je me rattrape aujourd'hui. La photo est toute récente. Mon oncle Edi l'a prise hier avec son Polaroid. Le pyjama rouge que je porte est mon pyjama préféré, et ces derniers temps, j'aime beaucoup m'asseoir en tailleur, comme tu peux le voir. Que penses-tu de ma nouvelle coiffure ? A présent, j'ai une frange au moins deux fois plus épaisse qu'avant.

Réponds-moi vite.

Ton amie Maria-Theresia.

Thesi s'empara d'un tube de colle, tira de la poche de sa jupe une photo, en barbouilla le dos de colle et la pressa sur le papier à lettres. Puis elle examina longuement la photo. On y voyait, à côté d'une jolie jeune fille assise en tailleur, un tabouret en forme de selle de chameau, et à côté de celui-ci, tout à fait sur le bord, une jambe qui, genou en avant, traversait la photo en biais. Cette jambe était mince et bleue, le pied chaussé d'une pantoufle rouge. Thesi dessina une flèche partant de la jambe bleue et écrivit : *Au fait, ça, c'est la jambe de ma sœur Sophie !* Puis, elle plia la lettre en faisant bien attention de ne pas corner la photo, la mit dans une enveloppe qu'elle cacheta et écrivit au recto :

A Monsieur Alexander Lindner jun.
Am Hauptplatz 10
3926 Perbach

Au verso, elle inscrivit : *Maria-Theresia Bockskandl.* Et sous son nom, elle dessina au feutre rouge trois petits cœurs transpercés d'une flèche.

Alexander Lindner était le correspondant de Thesi. Un an plus tôt, elle avait trouvé son adresse dans le *Journal de Mickey.* Sous la rubrique *Amitié* était imprimé en toute petit :

« J'ai douze ans et recherche correspondant (ou correspondante). J'aime lire, j'aime les animaux et les cactus. »

Depuis un an, Thesi recevait tous les mardis une lettre d'Alexander Lindner, et tous les mercredis elle lui en envoyait une. Même l'hiver dernier, alors qu'elle avait la rougeole et une forte fièvre, elle n'avait pas oublié d'écrire sa lettre du mercredi.

Thesi fouilla tous les tiroirs de son bureau à la recherche d'un timbre, sans succès. Elle décida d'en chercher un dans le bureau de Papa, situé dans la chambre des parents. Pour s'y rendre, il fallait traverser la salle de séjour. Maman avait fini de passer l'aspirateur. Le canapé était à nouveau contre le mur et le tapis déroulé sur le sol. Les « mille choses » qui meublaient la pièce avaient elles aussi retrouvé leur place. Maman était de nouveau assise à la table, replongée dans son feuilleton. Apparemment, il était captivant. En lisant, elle se rongeait les ongles, chose qu'elle ne faisait que dans les moments d'émotion.

Sophie était accroupie sur le tapis devant le placard, entourée d'une multitude d'albums de photos qu'elle feuilletait en murmurant sans cesse : « Je deviens dingue ! Vraiment, je deviens dingue ! Ce n'est pas possible ! C'est complètement absurde ! »

Thesi passant devant elle pour aller dans la chambre des parents, Sophie la retint par un pan de sa jupe.

– Regarde-moi ça, sister ! Tu y comprends quelque chose, toi ?

– A quoi ? demanda Thesi.

– Là, là, là, là et là !

Sophie feuilletait un des albums. Chaque fois qu'elle disait « là », elle montrait un emplacement vide où quatre coins adhésifs indiquaient qu'autrefois il y avait eu une photographie.

– Les plus belles photos de moi ont disparu ! Un imbécile quelconque a volé toutes mes photos préférées !

Maman arrêta de se ronger les ongles, leva les yeux de son illustré et dit :

– Mon trésor, ne sois pas ridicule ! Qui pourrait avoir besoin de photos de toi ?

Sophie se leva d'un bond, saisit l'album de photos et le posa violemment sur la table, par-dessus l'illustré.

– Tiens, regarde, hurla-t-elle. Là, là, là, là, et là ! Elles ont toutes disparu !

Maman feuilleta l'album.

– En effet, en effet, murmura-t-elle. (Trois grosses rides se dessinèrent sur son front.)

– Alors tu me crois maintenant ? s'écria Sophie.

– Mon trésor ! (Les rides disparurent, le front de Maman était de nouveau lisse.) Mon cher trésor, tu as certainement dû prendre toi-même ces photos, mais tu ne t'en souviens plus !

– Comment ? brailla Sophie. Je deviens cinglée ou quoi ?

– J'ai parfois cette impression moi aussi, dit Maman en dégageant son illustré. Va donc encore chercher dans ta chambre. Tu finiras bien par les retrouver dans ton désordre, ces satanées photos. Je te le garantis !

Elle se replongea dans son illustré et recommença à se ronger les ongles.

Sophie avait le visage rouge de colère. Elle voulut hurler quelque chose, mais une crise d'éternuements l'en empêcha.

– A tes souhaits, mon trésor, murmura Maman.

Thesi alla dans la chambre, toujours à la recherche de son timbre. Elle dut fouiller de fond en comble tous les tiroirs du bureau avant de trouver la boîte à cigares en fer-blanc dans laquelle Papa rangeait les timbres.

Pendant qu'elle farfouillait, on entendait dans la salle de séjour des éternuements épouvantables. Au moment où elle découvrit la boîte à cigares dans le désordre de Papa, les éternuements cessèrent et Sophie hurla : « Tu es ignoble ! Tu es vraiment ignoble ! » Thesi entendit

Maman dire : « N'exagère pas, mon trésor, mon ignominie reste dans les limites de l'acceptable ! »

Puis une porte claqua, très certainement celle de la salle de séjour. Elle claqua si violemment que le lustre de la chambre à coucher se mit à trembler et tous les petits machins en verre à cliqueter, comme des clochettes sur un sapin de Noël.

Une autre porte claqua tout de suite après, pas si fort cette fois. Thesi pensa : « Ça, c'est la porte de l'appartement ! »

La plupart du temps, après une dispute avec Maman, Sophie partait en claquant la porte. Parfois elle se rendait chez une amie pour pleurer tout son soûl, parfois elle se contentait de faire trois fois le tour du pâté de maisons puis revenait un peu calmée.

Maman et Sophie se disputaient au moins une fois par jour. Mais ce n'était pas des disputes graves. C'est du moins ce qu'affirmait le père de Thesi. Quand Maman et Sophie se disputaient, il se contentait d'émettre un petit ricanement avec ce commentaire : « Après la pluie, le beau temps ! »

2
Le faux soupçon. Où l'on comprend pourquoi Thesi a un besoin si urgent des photos de sa sœur.

Plusieurs jours durant, Sophie fouilla l'appartement pour essayer de retrouver les photographies disparues. Le samedi après-midi, son amie Clarissa vint lui rendre visite. Elle lui raconta l'histoire des places vides dans les albums. Clarissa lui expliqua qu'elle aussi, une fois, avait perdu une photo, mais qu'elle avait découvert peu après que c'était son cousin qui l'avait volée pour crâner auprès de ses amis. Il leur avait fait croire que la fille sur la photo était sa «fiancée».

Tout d'abord, Sophie ne prit pas cette hypothèse en considération. Elle dit: «Premièrement, il ne manque pas qu'une seule photo! Dix au moins ont disparu! Et deuxièmement, je ne vois absolument pas qui aurait pu voler la photo que mon oncle a prise dernièrement!»

Mais Clarissa était une personne débordante d'imagination qui avait toujours une solution en réserve. Elle examina soigneusement le canapé en cuir et expliqua que la photo avait dû glisser dans l'étroite fente entre le dossier et les coussins, et qu'elle reposait à présent quelque part dans le ventre du canapé, perdue à jamais entre les ressorts et le rembourrage. Pour appuyer sa théorie, elle passa une épingle à cheveux dans la fente. Sans rencontrer la moindre résistance, celle-ci glissa dans la mince ouverture et disparut.

– Qu'est-ce que je te disais ! triompha-t-elle, ça c'est passé comme ça et pas autrement !

Sophie la regardait, incrédule.

– Et les photos qui manquent dans l'album ? Qu'est-ce que tu en fais ? Es-tu aussi perverse que Maman pour croire que je les ai prises et glissées moi-même dans la fente ?

– Non, celles-là c'est une autre histoire, dit Clarissa d'un air entendu. Quelqu'un te les a piquées ! Crois-moi ! Croix de bois, croix de fer ! Quand les as-tu vues pour la dernière fois, Sophie ?

Sophie calcula que la dernière fois qu'elle avait eu les albums de photos entre les mains, c'était peu après son quatorzième anniversaire, lorsqu'elle avait collé avec Papa les photos de la fête. Il y avait déjà bien cinq mois de cela ! Cinq mois durant lesquels une foule de garçons avaient pu approcher des photos : ses trois cousins, quelques garçons de sa classe, plusieurs rédacteurs du journal des élèves, ainsi que Friederich, le voisin, et Thomas, le fils d'Alice, la copine de Maman. Tous avaient pu profiter d'un moment d'inattention pour voler les photos !

– En y réfléchissant, je crois cet imbécile de Thomas le plus capable d'avoir fait ça, dit Sophie. Premièrement, il vient souvent chez nous regarder la télé quand je ne suis pas là. On a la télévision par câble et pas lui. Et deuxièmement, il me regarde toujours d'un air concupiscent !

– Ah ! s'écria Clarissa en hochant la tête, tout excitée. La télé n'est qu'un prétexte ! Il vient te faucher tes photos en douce ! Peut-être même les revend-il ensuite !

– Allons donc ! Qui voudrait lui acheter une photo de moi ?

Sophie secoua la tête, mais à vrai dire, l'idée que des photos d'elle faisaient peut-être l'objet d'un trafic n'était pas pour lui déplaire. Ses yeux se mirent à briller et sa voix manquait de conviction lorsqu'elle dit : « Je te jure bien mille fois que je vais lui faire payer ça, à ce sale type ! »

Pendant ce débat, Thesi, tranquillement affalée dans le grand fauteuil en cuir, faisait semblant de s'intéresser au programme de télé du soir même. La tournure que prenait la conversation la satisfaisait pleinement. Elle n'éprouvait aucun remords. Thomas était un garçon prétentieux, qu'elle ne pouvait pas sentir. Si Sophie l'avait soupçonné de meurtre, et qu'elle l'ait su innocent, Thesi n'aurait pas jugé utile de corriger cette erreur.

Thesi resta encore un moment dans le fauteuil à faire semblant d'étudier le programme de télé. Mais comme la discussion à propos des photos semblait close et que Sophie et Clarissa commençaient à parler du plus affreux des affreux devoirs de maths, qu'elles avaient fait le matin même, Thesi ne vit plus de raison de rester là. Elle se leva et décida de retourner dans sa chambre travailler un peu au plus affreux des affreux devoirs de maths, prévu, quant à elle, pour la semaine prochaine.

Dans l'entrée, Maman lui barra la route. Elle l'examina de la tête aux pieds, et deux rides se dessinèrent à nouveau sur son front.

– Thesi, ma biquette, ma fille, dit-elle, tu as les cheveux gras ! Ils pendouillent comme de la ciboulette fanée ! Fais un peu attention à toi ! Va te laver la tête !

D'expérience, Thesi savait que Maman ne lâcherait plus prise au sujet d'une chose aussi terrible que des cheveux gras. Et puis, comparé à un devoir de maths, se laver les cheveux était une occupation presque tolérable.

– Okay, je vais me les laver, les tifs, dit-elle et elle prit une serviette de toilette propre dans le placard de l'entrée et disparut dans la salle de bains.

La salle de bains de la famille Bockskandl était immense et – ainsi qu'Alice, la copine de Maman, aimait à le répéter – c'était une salle de bains de rêve. Elle avait non seulement une immense baignoire, mais aussi une douche et deux lavabos, afin d'éviter les bagarres matinales pour savoir qui ferait sa toilette en premier. On y trouvait aussi une chaise longue blanche pour se reposer après le bain, un bidet et un W.C. Pourtant, Thesi ne supportait pas cette salle de bains. Il y avait là trop de miroirs. L'un était vissé à la porte dont il couvrait toute la surface, du haut en bas et de la poignée aux gonds. Un autre était accroché au-dessus des lavabos. Il mesurait bien deux mètres de large et un mètre cinquante de haut. Un autre encore était fixé au mur, entre les deux armoires dans lesquelles Maman et Sophie rangeaient leurs produits de beauté. Celui-ci ne le cédait en rien, question grandeur, à celui de la porte. Il y avait encore, posé sur une tablette, un miroir grossissant et rond que Maman appelait la «psyché», ainsi qu'une armoire à glace à trois portes. Pour compléter le tout, une des parois de la cabine de douche était elle aussi en verre réfléchissant. Où que l'on tournât ses regards, on se voyait! Le père de Thesi trouvait lui aussi cette collection de miroirs dans la salle de bains très exagérée.

– C'est un miracle que vous n'ayez pas encore pensé à fixer une glace au plafond! Comment faites-vous pour supporter d'être allongées dans la baignoire sans pouvoir vous admirer baignant de tout votre long dans la mousse?

– Kurti-mon-petit-chéri! c'est l'idée de l'année! avait répondu Maman. Il faudra que tu y penses pour mon prochain anniversaire!

Maman avait dit ça en riant, mais Thesi se demandait si elle n'y avait pas pensé sérieusement. Quant à Sophie, Thesi était certaine que l'idée l'emballait. Son interlocuteur préféré était en effet un miroir! De ce point de vue, Maman n'arrivait qu'en seconde position. Toutes deux avaient besoin d'un miroir pour se délecter du spectacle de leur visage, mais aussi, parfois, pour pouvoir se faire du souci.

Maman aimait bien se faire du souci à cause de petits plis menaçants dans le cou et au coin des yeux, ou à cause d'un début d'embonpoint aux hanches, ou d'un peu de «peau d'orange» sur les cuisses, ou à cause de paupières trop lourdes. Sophie, elle, aimait bien se faire du souci à cause d'une peau du nez trop grasse, d'un pore bouché sur le front et qui menaçait de se transformer en bouton, de deux centimètres de trop sur les hanches et d'un centimètre de poitrine en moins. Mais surtout, elles avaient besoin d'un miroir pour « se faire une beauté ». Pourtant, toutes deux étaient déjà pas mal sans miroir : elles avaient des boucles blondes et de grands yeux bleus, un nez tout petit et très droit, et des fossettes sur les joues quand elles souriaient. Leur peau était rose, leurs dents blanches et régulières, leurs jambes – selon l'oncle Edi – rappelaient celles de Marilyn Monroe, sans compter qu'on aurait pu exhiber dans un concours de beauté tout ce qui se trouvait entre le cou et les jambes. Mais une fois qu'elles s'étaient maquillées, en rouge, gris, rose et bleu ciel, elles cessaient d'être seulement très belles. Elles devenaient absolument magnifiques.

Sophie et Maman se ressemblaient énormément.

– Tout le portrait de sa mère, disaient les amis de Maman en parlant de Sophie.

– Tout le portrait de sa fille, disaient les amis de Sophie en parlant de Maman.

Cette ressemblance frappante n'emballait particulièrement ni Maman ni Sophie.

Maman expliquait que la vue de Sophie lui donnait le cafard.

– Quand je la regarde, ça me fait toujours penser à comment j'étais autrefois, avant que le temps n'ait commencé son travail de sape. Je m'aperçois à quel point je suis déjà ravagée !

Et Sophie disait :

– Quand je regarde Maman, ça me fait toujours penser à comment je serai dans un quart de siècle. C'est pas la joie ! Pas la joie non plus de n'être qu'une reproduction rajeunie. Je veux avoir ma tête à moi !

Thesi ne leur ressemblait en rien. Elle ressemblait à son père. Beaucoup de gens disaient qu'elle était « son père tout craché ». En fait, on l'aurait établi avec encore plus de certitude si Papa avait été moins poilu : il portait une moustache, une barbe et des favoris, et on ne distinguait de son visage que les yeux, le front et le nez.

Mais quel nez ! Un pif énorme, avec une bosse au milieu et d'immenses narines s'ouvrant sur des profondeurs insoupçonnées. Ses yeux étaient petits et marron foncé, très rapprochés et disposés de part et d'autre du pif sous d'épais sourcils que surplombait un front complètement plat.

Thesi n'avait guère de quoi se réjouir d'être « son père tout craché ». D'autant moins qu'elle avait aussi hérité du menton paternel – sans la barbe, heureusement ! Ce menton était bien trop fuyant ! La mâchoire inférieure n'allait pas avec la mâchoire supérieure. On déplorait deux bonne pointures de différence.

– Pas de doute, c'est bien la denture des Bockskandl, disait le dentiste qui soignait aussi Papa.

A cause de cette denture, Thesi devait porter la nuit un appareil censé, à la longue, avancer sa mâchoire inférieure de deux pointures. Mais comme elle oubliait au moins trois fois par semaine de se mettre cette espèce d'engin dans la bouche, on ne pouvait espérer de résultat vraiment spectaculaire.

On comprend pourquoi la salle de bains tapissée de miroirs n'était pas réellement du goût de Thesi. Quand on a horreur de sa tête, on ne souhaite pas forcément la voir se refléter de tous côtés! Thesi avait sa méthode éprouvée pour contourner l'obstacle. Elle fermait la porte de la salle de bains, ainsi que la fenêtre et même la bouche d'aération. Puis elle ouvrait à fond tous les robinets d'eau chaude: les deux des lavabos, celui de la baignoire et celui de la douche. Aussitôt, tous les miroirs se couvraient de buée, et Thesi ne refermait les robinets que lorsque chacun ressemblait à du verre dépoli. Ensuite seulement elle se préparait un bon bain chaud et moussant.

Elle aimait se prélasser dans l'eau chaude et sous la mousse parfumée. Il ne lui serait pas venu à l'esprit de se savonner ni de se frotter. Elle somnolait tranquillement, s'en remettant à «l'émulsion nettoyante» (qu'elle avait copieusement versée dans l'eau) pour faire le travail.

Mais Thesi ne pouvait profiter pleinement d'un bain que quand Maman était sortie. Sinon, celle-ci ne pouvait s'empêcher d'intervenir dans les opérations de nettoyage de Thesi. Elle tenait absolument à l'aider. Non pas seulement en lui savonnant le dos ou en lui rinçant les cheveux, ou autres petits services de ce genre. Non! Elle cherchait par tous moyens à «lui faire une beauté».

Fervente lectrice des magazines féminins, nul des « tirez-avantage-de-vos-défauts » ni des « avant-après » n'avaient de secrets pour elle. Sa théorie était que tout vilain petit canard peut se transformer en un cygne magnifique. Il suffit pour cela de mettre en valeur les éléments positifs d'un visage et d'en gommer les éléments négatifs.

Les tentatives d'embellissement de Maman pouvaient devenir extrêmement crispantes. Une fois, elle avait eu l'idée touchante de teindre légèrement en rouge les cheveux de Thesi. Une autre fois, elle lui avait barbouillé les yeux d'un trait noir et peint les paupières en vert caca d'oie, sous prétexte de lui fabriquer un regard plus grand et plus brillant. Une autre fois encore, elle avait tartiné le nez de sa fille avec du maquillage clair et du maquillage foncé, pour le faire paraître plus petit. Et quand la brave femme était dans un jour de grande audace, elle brandissait même une paire de ciseaux et un rasoir, voulant à tout prix essayer une « super-coupe-de-cheveux ».

Thesi, furieuse et pessimiste, repoussait tant bien que mal ces assauts continuels. Elle trouvait ridicules tous « travaux de réparation » sur son visage. Qu'est-ce que cela pouvait changer qu'un pif, dans lequel on aurait pu tailler deux nez normaux, grâce à toutes sortes de maquillage finisse par paraître un millimètre plus court et deux millimètres plus étroit ? A quoi servait une touche de rouge sur un menton qui, vu de profil, était de toute façon absent ? Et un trait noir, autour de petits yeux de souris, ne changerait rien à rien !

Selon Thesi, Maman se comportait comme quelqu'un qui essaye d'embellir une vieille godasse avachie en la cirant à tour de bras! Et le pire dans l'histoire, c'est que Maman agissait toujours avec «tact et doigté». Si au moins elle avait dit franchement: «Thesi, ma biquette, tu as un gros pif, des yeux de souris et, hélas, pas de menton. Je vais essayer de t'arranger un peu», Thesi aurait à la rigueur supporté ces tentatives d'embellissement. Mais Maman surgissait toujours «tout à fait par hasard» dans la salle de bains quand Thesi l'occupait. Et c'était toujours comme ça, «en passant», qu'elle formulait ses propositions, tout en répétant que Thesi avait un visage «très particulier» – ou alors elle parlait d'un «visage intéressant». Et pour finir, elle se confondait en admiration devant les oreilles et les cheveux de Thesi.

Thesi en aurait vomi. Ses cheveux et ses oreilles étaient désespérément normaux. Ils ne méritaient aucune mention particulière. Thesi sentait bien que Maman ne faisait qu'essayer de «lui donner confiance en elle». Hélas, elle obtenait exactement le résultat inverse, car Thesi ne pouvait qu'en déduire: «Je suis tellement moche, qu'on ne trouve à admirer chez moi que mes oreilles et mes cheveux pourtant désespérément normaux!»

Cette fois, c'est sous prétexte de venir chercher ses ciseaux à ongles que Maman fit irruption dans la salle de bains. Les ayant trouvés, elle émit discrètement l'opinion que les sourcils de Thesi étaient peut-être «un soupçon trop loin» de la racine du nez. Vite, elle sortit une pince à épiler d'une des petites armoires à glace et allait se jeter sur les sourcils de Thesi, quand celle-ci l'arrêta.

– Non ! Va-t'en ! Laisse-moi ! Arrête ou je te mords les doigts !

Maman retira prestement sa main et prit la fuite en grommelant : «C'était pour ton bien.»

– Fichez-moi la paix ! On ne peut même plus prendre un bain en paix dans cette maison ! cria Thesi en lançant l'éponge contre la porte.

Il y avait vraiment de quoi désespérer ! On était tranquille dans son bain, dans un demi-sommeil, satisfait de soi-même et de la vie, quand surgissait une femme pleine de bonnes intentions qui brusquement vous rappelait que vous aviez une sale gueule !

3

Où l'on apprend ce qu'il faut endurer quand on a un nez trop grand, un menton trop petit, des yeux de souris et qu'il faut faire son chemin dans la vie.

Thesi, quand elle était petite, ne savait naturellement pas encore que son nez était trop grand, son menton trop petit et ses yeux trop rapprochés pour que le tout forme un de ces visages que les gens trouvent beaux. *Beau* et *laid* sont deux mots qui ne veulent rien dire pour les tout-petits. C'est l'entourage qui se charge de leur en apprendre le sens par la suite. Mais Thesi avait néanmoins remarqué dès son plus jeune âge que beaucoup de gens se comportaient différemment envers sa sœur et envers elle.

A cette époque, toute personne qui voyait Sophie était tout de suite enthousiasmée et ravie, s'écriait: «Oh! quelle adorable petite fille!» et lui donnait des bonbons.

Par contre, jamais personne ne regardait Thesi. On ne lui donnait de bonbon que quand Sophie disait: «S'il vous plaît, un bonbon pour ma sœur!»

Seule en son genre, la vieille Mme Huber, la voisine de gauche des Bockskandl, offrait toujours des bonbons à Thesi et jamais à Sophie; mais seulement parce qu'une fois, elle avait perdu son porte-monnaie dans l'escalier, et que Thesi l'avait remarqué, et avait ramassé le porte-monnaie pour le lui rendre.

– Oh, quelle adorable petite fille ! avait dit alors la vieille Mme Huber.

A cet instant, Thesi avait compris que pour être une « adorable petite fille », il lui faudrait toujours faire quelque chose de gentil, d'aimable, d'extraordinaire. Alors que sa sœur, elle, était une adorable petite fille sans avoir à lever le petit doigt !

Thesi avait trouvé cela très injuste et très méchant, et ça n'avait pas arrangé ses rapports avec sa sœur. Mais elle n'avait d'abord pas soupçonné que son visage fût pour quelque chose dans l'injustice et la méchanceté des adultes à son égard.

C'est à l'école, au cours élémentaire, qu'elle comprit pour la première fois que quelque chose clochait dans sa figure. Ce jour-là, la maîtresse avait voulu faire une crèche vivante pour Noël. Elle avait distribué à toutes les filles de la classe une feuille sur laquelle était imprimé le texte que devait dire la Vierge Marie.

– Celle qui saura le mieux ce texte lundi prochain sera notre Vierge Marie, avait-elle dit.

Le lundi suivant, c'était Thesi qui l'avait le mieux récité. Elle n'avait pas hésité une seule fois, ni oublié une seule ligne, et elle avait aussi – selon la maîtresse – « très bien mis le ton ».

Pourtant tous les élèves s'étaient mis à protester bruyamment lorsque la maîtresse avait dit : « Eh bien, je crois que l'affaire est réglée ! C'est Thesi qui fera la Vierge Marie ! »

Thesi avait parfaitement entendu dans son dos Eva-

Maria chuchoter à l'oreille de Margit: «Avec le nez qu'elle a, je la vois plutôt dans le rôle de l'âne ou du bœuf!» Et Karin d'ajouter: «Elle n'a pas de menton! Ma mère dit que de profil on dirait un oiseau!»

Thesi avait été saisie d'effroi. A la récréation, elle était allée voir la maîtresse pour lui dire qu'elle ne voulait pas jouer la Vierge Marie et qu'il fallait trouver quelqu'un d'autre pour le rôle.

– Mais pourquoi donc? avait demandé la maîtresse.

Thesi n'avait pas répondu et la maîtresse avait certainement très bien compris toute seule. Toujours est-il qu'à l'heure suivante Margit s'était vu attribuer le rôle de la Vierge Marie, à l'applaudissement de toute la classe.

Depuis ce jour, Thesi avait surpris constamment beaucoup de remarques sur son visage. Etait-ce parce que, rendue méfiante, elle faisait plus attention à ce que les enfants disaient d'elle, ou parce que les enfants, en grandissant, devenaient plus méchants, plus agressifs? Difficile à savoir. En tout cas, elle entendait des phrases de plus en plus féroces, parfois prononcées en toute innocence.

Une fois par exemple, le gardien de l'école était entré dans la classe avec un sac et avait demandé: «Où est la petite Bockskandl? Elle a oublié chez elle ses affaires de travaux manuels et sa maman a bien voulu les lui apporter!» Pierre avait répondu: «Thesi Bockskandl? Elle est près de la fenêtre.»

Mais comme la salle de classe avait trois fenêtres et

que devant chacune d'elles il y avait plusieurs petites filles, le gardien avait demandé : « Laquelle est la petite Bockskandl ? » Alors Pierre avait répondu : « Celle-là, là-bas, avec le grand nez ! » Il avait dit ça sans aucune moquerie, seulement à titre d'indication. N'empêche, Thesi avait entendu et s'était mise à pleurer. Personne dans la classe n'avait compris pourquoi. Quelques enfants avaient dit : « Elle est complètement dingo, Bockskandl ! »

Barbara elle-même, la voisine de table de Thesi, n'avait eu aucune mauvaise intention quand elle lui avait raconté en gloussant : « Tu sais, ma tante Anna, elle a un nez très, très long et pointu ! Et à cause de ça, elle n'a jamais trouvé de mari ! Son nez est si long qu'il la fait loucher ! » Comme Thesi ne riait pas de l'histoire de la tante au grand nez pointu, Barbara s'était dit : « Quelle rabat-joie, cette Thesi ! »

Il y avait aussi dans la classe des enfants qui n'avaient jamais dit un mot méchant sur Thesi, qu'ils aimaient même beaucoup, et d'autres enfants qui ne raffolaient pas d'elle mais qui ne s'intéressaient absolument pas à son nez, son menton ou ses yeux. Thesi ne s'y retrouvait pas toujours dans tout ça. Quand deux enfants de la classe chuchotaient et que, par hasard, ils regardaient dans sa direction, elle pensait : « Ils se moquent encore de moi ! »

Quand quelqu'un dans la classe distribuait des invitations pour son anniversaire et que Thesi n'en recevait pas, elle se disait : « Il ne m'invite pas parce que je suis trop laide ! » Quand la classe prenait le tram pour aller a la piscine et que la place à côté de Thesi restait vide, elle pensait : « Personne ne veut s'asseoir à côté de quelqu'un qui a une tête comme la mienne ! » Et quand la maîtresse avait été particulièrement gentille avec elle, Thesi se disait : « Elle est gentille avec moi parce que ma laideur lui fait pitié ! »

Lorsque Thesi entra au collège, ce fut pire. Elle ne connaissait personne en dehors de Barbara, et quelques-uns des élèves de sa nouvelle classe étaient vraiment très méchants. L'un d'eux, Charlie, lui trouva dès la première semaine un surnom : « le Tamanoir ». Sa copine Bigi, très forte en dessin, se spécialisa dans les portraits de Thesi, assez faciles à faire, il faut l'avouer. Dès qu'elle s'ennuyait en cours, Bigi dessinait des « tamanoirs vus de profil » qu'elle faisait ensuite circuler dans les rangs. Et tous se mettaient à glousser.

Thesi essaya de cacher son menton et son nez. Quoi qu'elle fasse, qu'elle écoute, qu'elle écrive ou qu'elle soit appelée au tableau, elle gardait systématiquement sa main gauche devant le bas de son visage. La paume sur le menton, l'index et l'annulaire sur le nez. On aurait dit qu'elle venait de se cogner quelque part et qu'elle essayait de comprimer la douleur. Plus d'un en riaient dans la classe.

Le prof de maths, lui, trouvait ça énervant. Quand il posait une question à Thesi et qu'il ne recevait qu'une réponse indistincte, il tonnait : « Articule un peu, Bockskandl ! Qu'est-ce que c'est que cette manie de garder constamment la main devant ta bouche ? Allons, bas les pattes ! »

Mais comme les réponses de Thesi étaient toujours bonnes et que ce prof de maths préférait malgré tout quelque chose de juste dit d'une voix inarticulée à quelque chose de faux claironné d'une voix triomphante, il dut à la longue s'accommoder du tic de Bockskandl et prit simplement l'habitude, dès qu'il lui posait une question, de se placer une main en cornet derrière l'oreille pour mieux distinguer la réponse.

D'une manière générale, Thesi s'entendait bien avec les professeurs. Tous l'appréciaient, aucun n'avait une dent contre elle. Aux journées « portes ouvertes », ses parents n'entendaient dire que du bien d'elle et de ses résultats scolaires, du genre : « Ah, si tous étaient comme votre fille, nous aurions la vie belle, nous autres professeurs ! »

– Mince, Sister ! disait Sophie, les sourcils froncés, les coins de la bouche abaissés et pas mal de réprobation dans la voix. Tu es une vraie fayotte ! Avoir une telle petite fille modèle comme sœur, c'est presque un handicap !

La plupart des élèves de la classe de Thesi pensaient eux aussi qu'elle était une fayotte et une petite fille modèle. Certains la traitaient même carrément de « lèche-bottes ! »

Elle entendait souvent après une heure de cours : « Aujourd'hui, Bockskandl a encore fayotté ! »

Les élèves qui l'accusaient de fayottage n'avaient pas

entièrement tort, seulement ils ne cherchaient pas à savoir pourquoi Thesi se comportait ainsi. Elle n'avait pas d'autre solution que de se raccrocher aux professeurs. En fin de compte, tout le monde a besoin d'un minimum de sympathie et d'amitié, et quand on n'en reçoit pas de la part de ses camarades de classe, eh bien, on va chercher sa dose vitale auprès des professeurs !

Thesi ne faisait pas exprès d'être une petite fille modèle. Les événements l'y poussaient. Quand la classe projetait une « action » quelconque contre un professeur, on ne la mettait jamais dans le coup ; alors elle ne pouvait pas y participer ; et donc, une fois la chose passée, elle se retrouvait toute bête, accusée de léchage de bottes. De même pendant l'heure de permanence à midi : comme personne ne l'invitait au salon de thé en face de l'école, elle n'arrivait jamais en retard à la reprise des cours et n'était donc jamais « portée absente sans mot d'excuse » dans le cahier de classe. Enfin, comme elle n'avait pas d'amis pour aller à la piscine, se promener, écouter des disques, enregistrer des cassettes, jouer aux cartes ou regarder un film au magnétoscope, il lui restait énormément de loisirs pendant lesquels elle s'ennuyait à mourir. Alors elle tuait le temps en faisant ses devoirs et en apprenant du vocabulaire. Ainsi elle avait toujours fait son travail et était toujours en avance, et les professeurs répétaient : « Prenez donc exemple sur Bockskandl ! »

(Impossible d'expliquer pourquoi les professeurs disent des choses pareilles. Ils devraient savoir que de tels compliments ne peuvent que nuire au complimenté en le rendant impopulaire auprès de ses condisciples. Il faut croire qu'ils ont oublié les années où ils étaient élèves eux-mêmes: autrement, ils ne pourraient de toute façon pas exercer leur métier! Ils auraient bien trop honte de leur état de professeurs!)

En revanche, personne dans la classe – pas même ceux qui la détestaient – n'aurait pu dire que Thesi était une rapporteuse, ni qu'elle refusait son aide pendant les interrogations ou les contrôles. Sans ses anti-sèches, ou si elle n'avait pas soufflé, il y aurait eu quelques «insuffisant» supplémentaires dans la classe. Mais les voisins de Thesi, qui profitaient donc pleinement de son aide, ne trouvaient pas que ce fût là une performance extraordinaire, tant s'en faut! Ils se mettaient en colère si d'aventure Thesi ne les aidait pas.

– Cette sale fayotte connaissait parfaitement la réponse et elle ne m'a pas soufflé un seul mot, disaient-ils alors.

La plupart du temps, c'était faux. Thesi ne pouvait quand même pas tout savoir. Pourtant, parfois – oh, c'était rare – il arrivait que Thesi, lors d'une interrogation, ne passe pas d'anti-sèche alors qu'elle avait terminé son travail et qu'elle avait encore pas mal de temps avant la sonnerie. Mais ça n'arrivait que quand on venait de lui dire quelque chose de vraiment méchant, quand, à l'heure précédente, un «tamanoir» avait encore circulé dans les rangs et que l'on avait bien ricané; ou alors, quand Otto venait de s'écrier d'un ton sardonique:

«Tiens, la petite fille modèle fait du zèle!» tout ça parce qu'elle avait arrosé les plantes de la classe. Comme si laisser se faner des plantes était un acte d'héroïme!

Victime de ces méchancetés, Thesi se disait pendant l'interrogation: «Bande d'idiots, démerdez-vous tout seuls!»

Par contre, même au plus fort de sa révolte, elle aidait toujours Barbara! Non que celle-ci fût tellement son amie, mais ça faisait quand même sept ans qu'elle était assise à côté d'elle, et à part sa référence maladroite au long nez de la tante Anna, Barbara ne lui avait encore rien fait. Jamais elle ne gloussait lorsqu'un «tamanoir vu de profil» circulait dans la classe. Et quand elle en recevait un, elle le chiffonnait en murmurant: «Espèces d'orangs-outangs imbéciles», et le jetait – en visant toujours bien – dans la corbeille à papier. Thesi lui en était reconnaissante. Elle aurait bien aimé l'avoir pour amie. Mais être l'amie de Barbara en dehors de l'école n'était pas chose facile. Celle-ci passait tous les après-midi chez ses grands-parents, où elle devait apparaître exactement une demi-heure après la fin des cours, parce que son grand-père ne supportait pas de l'attendre pour se mettre à table, et où on n'avait pas le droit de lui rendre visite, son grand-père n'aimant pas ça. «Il dit, expliquait Barbara à Thesi, que les enfants lui tapent sur les nerfs.» Barbara n'avait pas non plus le droit de sortir: sa grand-mère était contre. «Elle dit, expliquait Barbara à Thesi, que traîner dans les rues n'est pas le genre de la maison.»

Et le week-end, Barbara le passait dans la maison de campagne de ses parents. « Ils disent, expliquait-elle à Thesi, que, ne me voyant pas de toute la semaine, ils veulent au moins m'avoir pour eux le dimanche. »

Thesi avait invité Barbara plusieurs fois. Maman avait même téléphoné à ses parents pour la convier officiellement et ceux-ci avaient donné leur accord à deux ou trois reprises. Mais rien ne s'était concrétisé. Une fois, Barbara n'avait pas eu le droit de venir parce qu'elle avait eu un « insuffisant » à une interrogation d'anglais. Une autre fois, elle n'avait pas pu parce qu'elle avait été insolente avec grand-mère et était consignée pour une semaine dans sa chambre. Une autre fois encore, son oncle leur avait rendu une visite surprise et elle avait dû rester boire le café avec lui. Un autre jour enfin, l'empêchement avait été une visite avec ses grands-parents à une tante hospitalisée, ou encore un achat de chaussures avec sa mère.

Thesi se demandait s'il s'agissait de simples prétextes ou si Barbara était effectivement tenue « comme un chien en laisse ».

Le seul ami véritable de Thesi – si l'on exceptait sa correspondance avec Alexander Lindner – était Friederich, son voisin. Il avait un an de plus qu'elle, l'âge de Sophie donc, dont il était par ailleurs éperdument amoureux, et ce depuis la maternelle. Mais Sophie ne s'était jamais souciée de lui.

Thesi soupçonnait Friederich de ne venir à la maison que dans l'espoir d'apercevoir Sophie. Mais elle était tout de même contente quand il sonnait à la porte et lui proposait de jouer aux cartes ou au Monopoly. Il venait aussi régulièrement lui emprunter des livres, et restait un moment. C'était chouette de papoter avec lui, on s'amusait bien. On pouvait aussi discuter de choses sérieuses, s'il le fallait.

Parfois pourtant, Thesi n'était qu'à demi ravie de le voir arriver. Par exemple quand, étendue dans sa chambre sur sa descente de lit en peau de mouton, elle s'adonnait à son occupation favorite, c'est-à-dire rêvassait les yeux ouverts. Elle s'accordait deux séances par jour: une l'après-midi sur sa peau de mouton et une le soir dans son lit, avant de s'endormir. Les rêves qu'elle inventait étaient beaucoup plus beaux que les rêves qu'elle faisait la nuit en dormant. Ses rêves éveillés commençaient tous de la même façon. Thesi était en voiture avec son père sur l'autoroute, quand soudain surgissait une auto en sens inverse. Papa klaxonnait désespérément mais ne pouvait l'éviter à cause d'une autre voiture sur la voie de droite. La voiture fantôme heurtait de plein fouet celle de Papa, la tête de Thesi allait cogner contre le pare-brise. Du sang coulait sur son visage, une ambulance arrivait, on allongeait Thesi sur un brancard et on la transportait de toute urgence à l'hôpital, en salle d'opération. Une nuée de médecins en blouse blanche s'affairait plusieurs heures autour d'elle. Thesi se retrouvait ensuite dans un lit d'hôpital, la tête serrée dans un bandage blanc ne laissant voir que ses yeux. Puis les médecins venaient à son chevet et lui disaient: «Nous avons fait de notre mieux pour raccommoder ton visage!»

Ils lui enlevaient son bandage et une infirmière lui tendait un miroir qui reflétait alors une Thesi magnifique avec un petit nez, un grand menton et des yeux qui n'étaient plus trop rapprochés. On distinguait bien encore quelques minces cicatrices rouges sur ce beau visage, mais les médecins juraient qu'elles disparaîtraient dans deux ou trois semaines.

Les rêves de Thesi commençaient toujours ainsi. Après, cela dépendait. Mais en tout cas, ils étaient toujours beaux, parce que la vie est merveilleuse quand on ne s'appelle plus «le Tamanoir».

4
Thesi a un cas de conscience à propos des postillons.

Le professeur d'allemand de Thesi était une grande femme large de hanches et plate de poitrine. Elle s'appelait Mélanie Fisch* mais tous les élèves la surnommaient «la Carpe». Tous, sauf Thesi. Quand on vous appelle «le Tamanoir», on n'aime pas particulièrement les surnoms.

Mlle Fisch postillonnait en parlant. Elle postillonnait affreusement.

Ceux du premier rang qui avaient le malheur de garder leurs cahiers ouverts quand Mlle Fisch faisait son cours, allant et venant devant l'estrade, en retrouvaient les pages comme détrempées par une pluie fine. C'était particulièrement pénible pour ceux qui écrivaient au stylo à plume et non au stylo à bille, parce que l'encre se diluait dans les postillons de la Carpe.

Leurs cahiers d'allemand s'ornaient bientôt d'une multitude de petites taches bleu ciel. Et si les postillons s'étaient bornés à mouiller les cahiers! Hélas, ils aspergeaient aussi généreusement les propriétaires des cahiers et, on s'en doute, personne n'apprécie de devoir constamment essuyer des postillons sur son front, ses

* Fisch en allemand veut dire poisson.

joues, son nez ou ses lunettes. Il y a même des gens qui ont une peur bleue des postillons. Johanna, au premier rang, appartenait à cette catégorie. Après chaque cours d'allemand, elle se précipitait aux lavabos en gémissant «Berk, berk!» et se rinçait fiévreusement la face. Georg, pour sa part, brandissait ses lunettes après chaque cours d'allemand en affirmant que les postillons séchés l'empêchaient à présent de voir au travers. «Allons-nous supporter ça encore longtemps?» s'écria Johanna pendant la récréation, après un cours d'allemand et de retour de sa virée «berk-berk» aux lavabos. «Il y va du droit élémentaire de l'élève à résister aux postillons!» Et Georg de renchérir: «Parfaitement! Il faut que la Carpe fasse cours du bureau, et si possible en direction du tableau! Au moins, il sera bien lavé!»

D'autres élèves approuvèrent. Mais lorsque Johanna affirma que Gustl et Reni, les deux délégués de la classe, devaient aller de ce pas soumettre cette proposition à la Carpe, ceux-ci refusèrent épouvantés et le reste de la classe dut bien reconnaître que c'était «tout bonnement impossible».

– Vous pouvez, au moins, aller le dire à Meier! exigea Johanna.

Meier était le prof de maths et professeur principal. La classe entière trouva qu'aller se plaindre des postillons de la Carpe à Meier était un procédé raisonnable. A la récréation suivante, Reni et Gustl se rendirent donc d'un pas décidé à la salle des professeurs. Ils en revinrent la mine basse.

– Il a dit qu'on ne devait pas être aussi délicats, expliqua Reni.

– Il a dit que Mlle Fisch est une femme sensible qui risquerait d'être profondément blessée, expliqua Gustl.

Puis tous deux en chœur :

– Il a dit qu'on devait être plus tolérants, que toute personne a des habitudes désagréables et que plus tard, dans la vie, nous en verrons bien d'autres, et de bien plus désagréables.

La classe fut saisie d'une grande agitation. Des cris et des protestations fusèrent. Tous ceux qui n'étaient pas directement placés sur la « ligne de front » se déclarèrent solidaires. Quelqu'un cria que les élèves sont toujours considérés comme des « moins que rien ». On s'exclama qu'il ne fallait pas se laisser faire. Puis Charlie, couvrant tout ce vacarme, hurla :

– Chers camarades, il va nous falloir encore une fois envisager une action impitoyable !

Cris et applaudissements accueillirent cette phrase énergique, et les élèves se divisèrent en petits groupes qui se mirent à discuter fébrilement de l'action à mener dans ce cas précis.

Thesi – comme d'habitude – n'y prit pas part. Elle était assise au deuxième rang et mangeait une pomme. Elle ne se sentait pas vraiment en cause dans cette affaire. Au deuxième rang, ne s'égaraient que de rares postillons et Thesi ne les trouvait d'ailleurs pas particulièrement écœurants. Pourtant, elle aurait bien aimé savoir quelle sorte d'«action» se tramait. Mais le simple fait de se lever et d'aller se mêler à l'un des groupes lui semblait impossible. Une fois, elle avait essayé. C'était pendant la récréation. Quelques élèves s'étaient rassemblés près du tableau et ricanaient tête baissée. Thesi, qui venait de jeter quelque chose dans la corbeille à papier et retournait à sa place, s'était arrêtée près du groupe pour savoir de quoi on riait. L'un des rieurs s'était exclamé: «Chut, voilà le Tamanoir!» et les autres avaient aussitôt cessé de ricaner et étaient allés se placer près de la fenêtre. L'un d'eux s'était alors retourné et avait lancé: «Ce que nous disons n'est pas pour les petits enfants!»

Thesi ne voulait plus refaire la même expérience. Elle continua donc de grignoter sa pomme en révisant son vocabulaire d'anglais.

Au moment précis où Bigi s'écriait: «Ça y est, on a trouvé! Ça va être super!» la cloche sonna la fin de la récréation et Schestak, le plus ponctuel de tous les professeurs, entra dans la classe pour faire son cours d'anglais.

Ce fut une heure plutôt tumultueuse. Mme Schestak hurlait toutes les deux minutes: «Silence, là-derrière!» «Silence, là-devant!» ou «Silence, sur le côté!» mais ses hurlements restaient sans effet, car la plupart des élèves trouvaient bien plus important d'apprendre quelle «action» Bigi et sa clique avaient pu imaginer que d'écouter comment un «old oak» et une «reed» avaient supporté un «stormy weather».

Thesi s'aperçut que Barbara était au courant, car elle ricanait d'un air entendu. Elle chuchota quelque chose à son voisin de devant qui ricana à son tour et se pencha vers son voisin.

Lorsque enfin la cloche retentit, annonçant la fin des cours de la journée, et que Mme Schestak, quelque peu écœurée, se fût dépêchée de quitter la classe, les murmures et les chuchotements se transformèrent en un brouhaha général. Charlie grimpa sur sa table et hurla : « Silence ! » Il obtint avec ça plus de succès que Mme Schestak précédemment. Puis il tint ce discours :

– Camarades, dit-il, nous passons à l'offensive ! Si la Carpe doit continuer à postillonner, nous devons nous défendre ! Nous avons fabriqué un modèle de bouclier pendant l'heure d'anglais !

Il se pencha vers Bigi qui lui tendit une chose bizarre, faite d'un morceau de plastique transparent et d'un crayon à papier. Le plastique était coupé en forme de bouclier, à peu près de la taille d'un visage. Le côté pointu était collé au crayon autour duquel on avait enroulé du fil afin d'avoir une meilleure prise. Charlie s'écria :

– C'est l'invention de la saison ! Le premier et unique bouclier anti-postillons ! Efficacité garantie ! »

Il se mit le bouclier devant le visage.

– Voilà comment, au prochain cours d'allemand, les deux premiers rangs défendront leur joli teint frais contre l'arrosage systématique de la Carpe !

Un enthousiasme formidable déferla sur la classe. On

admira l'étrange bouclier, on applaudit, on s'extasia de la construction simple et astucieuse de l'objet.

– Mais attention, camarades, cria Bigi, l'action doit être menée de façon massive et sans défection ! Personne ne doit se défiler ! C'est clair ?

Elle regarda fixement Thesi qui rougit.

– Notre tamanoir aurait-il des scrupules ? demanda Bigi en lançant à Thesi une gomme qui l'atteignit à l'oreille gauche.

– Hé ! Trompe d'éléphant ! cria Charlie. Qu'en penses-tu ? Dis-nous si tu marches avec nous ou pas !

Thesi fourra ses affaires dans son cartable, le prit sous son bras et sortit de la classe en courant. Au vestiaire, elle enfila sa veste et avant que quelqu'un ait quitté la salle de classe, elle avait déjà atteint le portail de la cour.

Thesi rentra chez elle d'une humeur sinistre. Elle n'y trouva personne. Papa arrivait toujours tard le soir, et Maman ne quittait le bureau que vers 3 heures. Quant à Sophie, elle n'avait pas d'horaires fixes. Elle allait souvent au café avec ses amis après l'école.

Dans la cuisine, Thesi avisa une casserole avec de la sauce rouge, dans laquelle nageaient de gros poivrons farcis. « Faire réchauffer à feu doux, autrement ça accroche ! » avait écrit Maman sur un morceau de papier qu'elle avait collé avec du Scotch à la queue de la casserole. Thesi regarda sans envie aucune la peau épaisse et craquelée qui s'était formée sur la sauce et fit « Baaaaah ! » en tirant la langue aux poivrons. Elle sortit une bouteille de Coca du réfrigérateur et la vida d'un trait.

Puis elle rota trois fois, ce qui n'avança pas à grand-chose : le problème restait entier. Elle se trouvait devant un dilemme terrible. D'un côté, elle souhaitait depuis longtemps déjà participer à une « action » avec les autres. Quand elle rêvassait sur sa descente de lit ou avant de s'endormir, c'était souvent elle qui inventait, projetait et dirigeait de telles opérations de lutte contre l'oppression dont souffraient les élèves et contre l'injustice sous toutes ses formes. Elle accomplissait dans ses rêves de véritables actes d'héroïsme.

Mais d'autre part, Mlle Fisch était bien la dernière personne à qui Thesi – en rêve ou en réalité – se serait attaquée ! Elle ne la connaissait pas uniquement du cours d'allemand, mais aussi de la salle d'attente du dentiste. Elle l'y rencontrait quelquefois, quand Mlle Fisch venait faire « rebaser », « équilibrer » ou réparer son dentier et qu'elle-même faisait régler son appareil. Au fil de ces heures d'attente communes, Thesi avait amassé une foule de détails sur la mâchoire de Mlle Fisch. Celle-ci lui avait expliqué que, dans quelques années, personne ne pourrait plus rien pour elle « sur le plan dentaire », et qu'elle devrait prendre sa retraite anticipée, parce qu'on ne peut pas imposer le spectacle d'un professeur édenté aux élèves.

Dans ces conditions, Thesi trouvait tout à fait ignoble de mener une action « bouclier anti-postillons » contre Mlle Fisch.

Thesi alla dans sa chambre. Elle s'allongea sur sa descente de lit et essaya d'apaiser ce conflit intérieur en rêvant. Cette fois, son rêve se déroula ainsi: après son opération esthétique réussie, elle retournait à l'école, rayonnante et superbe. Elle arrivait juste avant l'heure d'allemand. Les deux premiers rangs s'étaient déjà armés du bouclier en plastique. Alors, elle sautait sur le bureau du professeur et hurlait: «La ferme!» Et dans un silence de mort, elle faisait un discours émouvant pour expliquer qu'elle savait par expérience combien il est terrible d'être bafoué à cause de son physique. Elle exposait par le menu le problème du tassement des gencives de Mlle Fisch, en insistant sur le fait qu'une personne atteinte d'un tel mal a besoin de sympathie et non de railleries. Tous les élèves baissaient la tête, penauds et émus. Georg finissait par faire savoir que son oncle était un chirurgien-dentiste mondialement connu, qui avait inventé un truc super contre le tassement des gencives. Par un heureux hasard, l'oncle était justement en visite chez ses parents et ne demanderait sûrement pas mieux que de soigner Mlle Fisch. Alors Reni démissionnait de son poste de délégué des élèves parce qu'elle comprenait que c'était la place de Thesi, et celle-ci acceptait le poste sous les applaudissements de ses camarades.

Au moment où Thesi essayait d'imaginer le détail de ce happy-end, la porte d'entrée claqua si violemment que les deux pots de fleurs ornant le rebord de la fenêtre tremblèrent et que trois feuilles du caoutchouc se détachèrent. Cette façon si particulière de pénétrer dans l'appartement était signée Sophie. «Espèce d'andouille!»

murmura Thesi qui se remit à rêver. La porte du séjour claqua à son tour et bientôt de la musique pop retentit à une puissance digne d'une discothèque.

Thesi se leva, soupira, alla à la porte de la chambre, l'ouvrit violemment et hurla :

– Sophie, s'il te plaît ! Pas si fort ! Mme Bauer va encore aller chercher la concierge !

Mme Bauer habitait en dessous de l'appartement des Bockskandl et affirmait que la musique « d'en haut » lui déclenchait de véritables dépressions nerveuses.

Thesi hurla ainsi trois fois de suite, mais la musique était trop forte.

De guerre lasse, elle se décida à aller dans la salle de séjour et baissa la chaîne hi-fi.

– Hé, sister, qu'est-ce qui se passe ? cria Sophie de la cuisine. Mets plus fort, je n'entends plus rien !

– Maman a dit qu'on allait finir par se faire mettre à la porte si tu écoutais toujours aussi fort ! hurla Thesi en direction de la cuisine.

– Maman a dit ! Maman a dit ! l'imita Sophie.

Elle sortit en trombe de la cuisine et alla remettre le son, mais pas autant que tout à l'heure.

– Pourquoi n'allumes-tu pas le poste de la cuisine, puisque tu es là-bas ? demanda Thesi.

– Cette saloperie de boîte grésille trop !

Sophie se laissa tomber sur le canapé en cuir.

– D'ailleurs, qu'est-ce que ça peut bien te faire que la vieille Bauer s'énerve ! On n'a encore jamais mis quelqu'un à la porte parce que sa radio marchait trop fort ! A quoi servent les associations de défense des locataires, d'après toi ?

Thesi répéta : « Mais Maman a dit... »

Sophie l'interrompit :

– Dieu du ciel et trou du cul ! Arrête un peu avec ton sempiternel « Maman a dit » ! Je deviens dingue ! On devrait t'exhiber dans les foires en faisant payer l'entrée ! « Mesdames et Messieurs, approchez ! Vous allez voir ce que vous n'avez encore jamais vu ! L'enfant le plus sage et le plus obéissant du monde ! »

Furieuse, elle lança un coussin en direction de Thesi qui se baissa. Le coussin alla atterrir sur la platine. Le bras de l'électrophone balaya le disque avec un grincement aigu et la musique se tut. Le coussin tournait tranquillement sur la platine. Sophie s'écria :

– Imbécile ! A cause de toi, le disque est rayé maintenant ! Tu n'as plus qu'à le racheter ! Celui-là n'est pas à moi, il est à Clarissa !

Thesi échappa à d'autres insultes grâce à la sonnerie providentielle du téléphone. Sophie se leva d'un bond et courut dans l'entrée. Thesi l'entendit susurrer un « Salut, darling » et en conclut qu'elle parlait à Wastl, qui seul avait l'honneur d'être gratifié de ce substantif. Elle enleva le coussin de la platine et remit le disque. Il n'était pas rayé.

– Mets moins fort, idiote ! cria Sophie. Tu vois bien que je téléphone !

Thesi éteignit la chaîne.

– Je ne t'ai pas dit d'arrêter, je t'ai dit moins fort !

– Va te faire voir ! murmura Thesi et elle regagna sa chambre.

En passant devant Sophie, elle l'entendit qui disait dans l'émetteur : « Darling, estime-toi heureux de ne pas avoir de petite sœur ! C'est l'enfer, ces gamines ! »

Thesi se frappa le front de l'index. Sophie lui tira la langue en faisant « Baaaaaah ».

5

Les problèmes de Maman chassent ceux de Thesi. Sophie trouve une solution.

Thesi passa l'après-midi à réfléchir à son cas de conscience. Elle désespérait de trouver une solution. Pas question de se fabriquer un bouclier ni de participer à cette sinistre opération! Pas question non plus d'aller trouver ceux de la classe et de leur dire tranquillement: «Faites ce que vous voulez, mais sans moi!» Elle savait aussi parfaitement que, dans la réalité, elle n'arriverait jamais à faire ce qu'elle avait rêvé sur sa descente de lit, c'est-à-dire calmer la classe et lui enseigner la tolérance à l'égard de la Carpe et de ses postillons. Oh, ce n'était pas la dureté de cœur ni la méchanceté de ses camarades qui l'arrêtaient, mais plus simplement le courage qui lui manquait pour défendre la Carpe en public. Le simple fait de s'imaginer se campant au milieu de la cour de récréation et hurlant: «Silence, écoutez-moi tous», lui donnait la chair de poule.

Vers la fin de l'après-midi, Thesi eut l'idée d'écrire une lettre en cinq exemplaires qu'elle ferait circuler dans la classe. Elle pensa: «Je ne sais peut-être pas faire de discours, mais écrire, ça je sais!» Elle rédigea un brouillon qui commençait ainsi:

Chers camarades,

Mlle Fisch a un tassement des gencives. C'est pour cela que son dentier ne tient pas bien et c'est pour cela qu'elle postillonne. Elle n'y est pour rien !

Arrivée là, Thesi chiffonna sa lettre et la jeta dans la corbeille à papier. Elle trouvait le texte idiot et ne pouvait pas non plus s'imaginer arrivant en classe le lendemain matin, distribuant ses lettres, puis attendant les réactions. Du reste, à quoi servait d'évoquer cette histoire de tassement de gencives ? Personne ne fait exprès de postillonner. Que les postillons soient dus aux gencives, à la langue ou à la disposition des dents, peu importe. Le résultat est le même. « Et mes chers camarades de classe le savent parfaitement », pensa Thesi. « Ils s'en fichent complètement. Tout ce qui les intéresse, c'est qu'on envoie les postillons loin d'eux. Ce sont des trous du cul, d'ignobles trous du cul ! » pensa Thesi, « des abrutis ! »

Elle ne se contenta pas de le penser. Elle l'écrivit en majuscules bien formées sur les feuilles qu'elle avait préparées pour son tract : « VOUS ÊTES D'IGNOBLES TROUS DU CUL, DES ABRUTIS », écrivit-elle, ligne après ligne. Elle en remplit quatre pages entières recto-verso, en dessinant à la place des points sur les « i » de petits derrières avec des oreilles. Après avoir terminé son dernier point en forme de derrière à oreilles, elle se sentit un peu soulagée et constata qu'elle avait une faim de loup, ce qui n'avait rien d'étonnant : depuis la pomme, son estomac avait dû en effet se contenter d'une bouteille de Coca.

Thesi alla à la cuisine.

En chemin, elle croisa Maman, debout dans l'entrée, qui rangeait une pile de linge repassé dans le placard. Elle avait l'air plutôt sombre.

Thesi sortit du frigo la boîte en plastique contenant le saucisson et le fromage pour se faire une tartine de fromage. Une tartine de fromage, c'est presque la même chose qu'une tartine de pain, mais au lieu de tartiner quelque chose sur du pain, on tartine quelque chose sur du fromage. Thesi était en train de se couper comme elle le pouvait une tranche de gruyère, lorsque Maman entra dans la cuisine et dit :

– Je commence à en avoir doucement marre !

– Marre de quoi ? demanda Thesi.

– Marre de vous tous, dit Maman. A quoi ça sert que je fasse la cuisine ?

Et, se saisissant de la casserole de sauce tomate et de poivrons farcis :

– Tous les soirs, je me tue à préparer quelque chose pour le lendemain, afin que vous ayez de quoi manger à midi. Quand je rentre, personne n'y a touché. L'une se goinfre de biscottes, l'autre de fromage !

– Je n'avais pas faim à midi.

– Ce soir non plus tu n'auras pas faim si tu continues à te gaver de fromage !

Maman mit la casserole de poivrons à la sauce tomate sous le nez de Thesi.

– Je jure que je ne ferai plus de cuisine tant que vous n'aurez pas terminé ça !

Thesi fixait le contenu de la casserole. Elle compta les poivrons. Il y en avait huit. Sophie détestait la sauce tomate et Papa ne supportait pas les poivrons. Thesi savait parfaitement que Maman n'y toucherait pas non plus : elle était dans sa semaine de régime carottes-biscottes.

– Je ne peux quand même pas manger huit poivrons farcis à moi seule ! dit Thesi.

– Bon, bon ! D'accord !

Maman souleva violemment le couvercle de la poubelle et versa le contenu de la casserole dedans. Floc ! La sauce figée et les poivrons farcis tombèrent avec un bruit sourd. Maman rabattit le couvercle et dit d'une voix forte :

– Dans d'autres pays, les enfants meurent de faim et nous, nous jetons la nourriture ! C'est une honte !

Elle lança la casserole vide dans l'évier.

– Nous avons tout ce qu'il nous faut ! Tout ! Ces dames se changent jusqu'à trois fois par jour ! Je viens de repasser dix-huit T-shirts ! Dix-huit ! Quelqu'un peut-il m'expliquer comment mes filles s'y prennent pour salir dix-huit T-shirts en trois jours ?

– C'est pas moi ! cria Thesi. Ça fait quatre jours que j'ai le même et une semaine que je porte cette jupe !

Maman fila dans l'entrée et revint avec une pile de T-shirts repassés.

– Tiens, cria-t-elle. Un, deux, trois, quatre, cinq, six,

sept ! Ils sont tous à toi, non ?

– Ça doit être Sophie qui les a mis ! Ça lui est complètement égal que ce soit les siens ou les miens !

– Qu'est-ce qui m'est égal, sister ?

Sophie apparut dans l'encadrement de la porte de la cuisine, enveloppée dans une serviette de bain.

Thesi montra du doigt la pile de T-shirts.

– Avoue que c'est toi qui les as mis !

Sophie secoua la tête.

– Absolument pas, dit-elle. Ils sont tous plus usés les uns que les autres ! Je les ai seulement essayés avant-hier. Je voulais t'en piquer un pour la boum, mais il n'y en a aucun avec lequel une personne normalement constituée oserait sortir !

Elle hésita quelques secondes, puis un large sourire éclaira son visage.

– Ah oui ! J'ai essayé ces espèces de fringues dans la salle de bains, puis j'ai pris une douche, et je ne sais pas trop comment je me suis débrouillée, mais ces trucs étaient ensuite complètement trempés ! Je ne pouvais quand même pas les remettre tout dégoulinants dans l'armoire. Alors je les ai mis au linge sale.

Elle regarda sa mère.

– C'est vrai, quoi ! Tu t'énerves toujours quand quelque chose traîne dans la salle de bains !

– Bien sûr, dit Maman dont la voix n'était plus furibonde mais au contraire calme et posée. Quand on a une bonniche à son service pour laver et repasser, pourquoi ne pas compter sur elle ? Mais à partir d'aujourd'hui, je ne marche plus ! Vous êtes assez grandes pour vous débrouiller sans bonniche ! Je fais grève !

Elle hocha la tête et quitta la cuisine. Sophie s'assit sur la table et demanda à Thesi : « Elle a eu des problèmes au bureau ? »

Thesi haussa les épaules.

– Ça m'écœure, dit Sophie, On s'en prend toujours aux plus petits. Quand les vieux ont des problèmes, c'est toujours sur nous les jeunes que ça retombe !

Avec un soupir, elle ajouta :

– Ce n'est pas le tout, mais quelle heure est-il ?

– Sept heures moins vingt, dit Thesi.

– Mon Dieu, je devrais déjà être partie ! La rédaction se réunit à sept heures chez Rudi ! Mes cheveux sont encore mouillés !

Elle sauta d'un bond de la table et fonça hors de la cuisine en maugréant. La serviette de bain se détacha, voleta et resta par terre devant la porte de la cuisine.

Thesi la ramassa, l'apporta dans la salle de bains et l'accrocha à une patère. Le sol était jonché d'objets divers : soutien-gorge, culotte, chemisier, pull en laine, ceinture, longue chaînette, plusieurs bracelets, un collant et une paire de sandales. Thesi les ramassa et porta le tout dans la chambre de Sophie. Celle-ci, debout en petite culotte devant son armoire, fouillait sur les étagères. Thesi déposa ce qu'elle avait ramassé sur le lit de Sophie.

– Je cherche mon pull moutarde, gémit cette dernière.

– Il est suspendu là-bas, dit Thesi en désignant la fenêtre, à la poignée de laquelle pendait le pull tant désiré.

– Merci, sister.

Sophie s'empara du pull. Il avait des plis partout et une bosse à l'épaule gauche. Une poignée de fenêtre n'est pas le cintre idéal ! « Merde de merde », jura Sophie en voyant le désastre. Elle jeta le pull à travers la chambre. Il alla atterrir sur le lit, à côté des autres habits.

– Tu me prêtes ta salopette rose, sister ?

– Si tu veux, je te la donne, dit Thesi. Je ne l'aime pas.

Cette salopette était un cadeau de Maman pour son anniversaire. Elle était magnifique, mais ne passait pas particulièrement inaperçue et Thesi n'aimait pas se faire remarquer. En plus, Bigi avait exactement la même : même coupe, même couleur, même fermeture Eclair, et Thesi détestait quand quelqu'un arrivait avec la photocopie de ses habits.

– Merci, sister chérie, dit Sophie.

Thesi alla chercher la salopette dans sa chambre. Sophie l'enfila.

– Si tu étais vraiment très, très gentille, dit-elle, tu viendrais avec moi dans la salle de bains et tu me sécherais les cheveux pendant que je me maquille.

Thesi suivit Sophie qui alla s'asseoir devant le miroir grossissant et se mit à fouiller dans ses bâtons de rouge à lèvres, ses petites boîtes et ses tubes. Thesi brancha le sèche-cheveux.

– Mets-le sur « froid », dit Sophie. Quand c'est trop chaud, ça fait friser les cheveux.

Thesi alluma le sèche-cheveux et le mit sur « froid ».

– Dis, Sophie, j'ai un problème, dit-elle.

Sophie s'étalait de la poudre bleu clair sur les paupières avec un pinceau.

– Vas-y, raconte, murmura-t-elle.

– C'est à cause de Mlle Fisch, dit Thesi.

– Qu'est-ce qu'elle a, la Carpe ?

Sophie essuya la poudre en trop avec un bout de coton.

– C'est compliqué, dit Thesi. Je ne peux pas tout te raconter en si peu de temps !

– Alors tu m'expliqueras ça à mon retour, d'acc ?

Sophie se mit deux touches de rouge sur les joues, se parfuma délicatement dans le cou, se leva d'un bond, alla dans l'entrée enfiler les nouvelles sandales de Maman et partit en claquant la porte, comme toujours.

Thesi éteignit le sèche-cheveux et retourna à la cuisine pour finir de préparer sa tartine de fromage. On n'entendait plus Maman. Thesi dévora cinq tranches de fromage et but deux demi-litres de lait en pensant à sa sœur Sophie. « Chaque fois que Maman est de mauvaise humeur, elle est sympa avec moi ! Quand Maman est bien lunée, ma chère sœur n'a plus besoin de mes services et je ne compte plus pour elle. Quand par hasard elle est sympa, c'est qu'elle a besoin de quelque chose ! De la salopette ou de quelqu'un pour lui sécher les cheveux ! C'est une vraie égoïste ! »

Quand Thesi eut terminé sa tartine de fromage, elle se mit à la recherche de Maman. Elle la trouva dans sa chambre, assise au bureau de Papa devant la machine à écrire, tapant consciencieusement. Thesi regarda par-dessus son épaule ce qu'elle écrivait.

Sur la feuille de papier on pouvait lire :

Tâches à accomplir :
Préparer : le petit déjeuner, le déjeuner, le dîner.
Achats : tous les jours pour les petites courses, une fois par semaine pour les grandes.
Laver le linge et le repasser.
Passer l'aspirateur, laver les vitres, lessiver les bas de portes.
Faire la vaisselle.
Raccommoder.
Vider la poubelle, s'occuper des plantes vertes, faire les lits.
Ranger, épousseter.

– Qu'est-ce que c'est ? demanda Thesi en montrant du doigt cette liste de travaux ménagers.

Maman s'appuya contre le dossier de sa chaise.

– Jusqu'à présent, dit-elle, j'ai fait tout ça toute seule ! Tu trouves ça juste ?

Thesi secoua la tête.

– Eh bien, dit Maman, il va falloir que ça change ! Je conçois parfaitement qu'un adulte doive en faire plus qu'un enfant, et que Papa doive en faire moins que moi parce que je ne suis au bureau que trente heures par semaine, alors que lui travaille au moins cinquante heures ! Mais ça va changer quand même.

– Et que vas-tu faire avec cette liste ?

– J'attends que Papa revienne, puis tous les quatre, nous tiendrons un conseil de famille et chacun dira de quel travail il accepte la charge. Qu'en penses-tu?

Thesi s'assit sur le grand lit et regarda Maman d'un air préoccupé.

– Il va falloir que tu remettes ça à demain, dit-elle. Sophie est partie à une réunion de la rédaction et rentrera tard. Et Papa a dit ce matin qu'il ne serait pas là de bonne heure. Il a rendez-vous avec M. Machinchose, tu ne te rappelles plus? Il nous a dit ça au petit déjeuner!

– J'avais complètement oublié! dit Maman en soupirant, et elle tira la feuille de papier de la machine à écrire. Bon, d'accord. Je reporte la séance à demain! C'est mieux ainsi, de toute façon! Je suis complètement crevée aujourd'hui, ajouta-t-elle en bâillant, ça a été une salle journée au bureau! Je n'aurais pas été en mesure de soutenir une discussion animée sur les travaux domestiques!

Elle bâilla encore et posa la «liste des tâches» sur le bureau. Puis se levant:

– Je vais regarder la télé maintenant, murmura-t-elle, tu viens?

Thesi fit oui de la tête et suivit sa mère dans le séjour. Maman s'allongea sur le canapé en cuir et se couvrit avec la couverture en patchwork. Elle prit la télécommande sur la table basse et appuya au hasard sur les boutons.

– Qu'est-ce que tu préfères? demanda-t-elle, moi ça m'est égal!

Thesi haussa les épaules.

Maman se décida finalement pour un western avec John Wayne. Thesi s'installa sur le tapis, devant le canapé, les yeux rivés à l'écran. Comme le film était commencé depuis plus d'une demi-heure, elle n'avait aucune idée de ce qui se passait. Une seule chose était sûre : le pauvre shérif John Wayne devait affronter seul une bande de brigands, parce que les fermiers du coin étaient trop peureux pour l'aider. Elle finit aussi par comprendre que John Wayne attendait un ami auquel il avait écrit pour lui demander du secours.

Lorsqu'un cavalier montant un cheval noir arriva en ville, Thesi demanda : « Tu crois que c'est lui son ami ? » Pas de réponse. Thesi se retourna. Maman dormait en suçant son pouce. Elle dormait si profondément qu'elle ne se réveilla pas lorsqu'un peu plus tard une fusillade éclata et que les chevaux se mirent à hennir de toutes leurs forces.

Elle ne rouvrit les yeux que quand Sophie rentra. On en était arrivé au happy-end. Sophie vint s'asseoir près de Thesi sur le tapis et demanda :

– Eh bien, sister, explique-moi ton problème avec la Carpe. Je t'écoute !

Thesi fut touchée de constater que Sophie n'avait pas oublié son problème. Elle pensa : « Je l'ai mal jugée, ce n'est pas une égoïste. »

– Qui a un problème ? s'enquit Maman en s'étirant.

– Ma sister a un problème avec la Carpe, dit Sophie.

– Quelle carpe ?

Maman se frottait les yeux et bâillait à se décrocher la mâchoire.

– Mlle Fisch, dit Thesi et elle coupa le son de la télévision.

– Comment cela ? (Maman paraissait à présent tout à fait réveillée.) Tu as « très bien » en allemand et Mlle Fisch t'adore. A chaque réunion de parents d'élèves, elle nous fait ton éloge. La dernière fois, elle a même dit que tu étais un ange !

Thesi raconta alors à Maman et à Sophie l'histoire de l'opération « bouclier anti-postillons ».

Sophie gloussa.

– Alors là, je trouve cela ignoble ! s'écria Maman. La pauvre femme !

– Justement, dit Thesi.

– Vous êtes vraiment incroyables ! dit Sophie en se tapant sur le front avec son index. « Pauvre femme, pauvre femme ! » Il n'y a pas de raison que les élèves se laissent cracher à la figure !

– Je ne veux pas participer à cette opération ! dit Thesi.

– Tu as raison ! dit Maman. Une fille bien ne participe pas à une chose aussi ignoble !

– Mais si je n'y participe pas, ils vont encore dire que je suis une fayotte et une lèche-bottes !

– Comment ça, encore ?

Maman regardait Thesi avec effroi.

– Ils t'ont déjà dit ça ?

– Si ce n'était qu'une fois ! Ils n'arrêtent pas de le répéter !

Thesi ne put retenir ses larmes. Sa voix se brisa.

– C'est infâme ! dit Maman indignée et elle se tourna vers Sophie : – Qu'en dis-tu ?

Sophie regardait Thesi en pleurs et se taisait.

– Sophie, mon trésor, tu savais, toi, que les enfants à l'école étaient aussi méchants avec notre Thesi ?

Maman se laissa glisser sur le tapis, s'accroupit à côté de Thesi et lui caressa les cheveux.

– Sophie, mon trésor, qu'allons-nous faire maintenant ? demanda-t-elle, sans obtenir de réponse.

Plus elle caressait les cheveux de Thesi, et plus Thesi sanglotait.

– Trésor, n'as-tu vraiment aucune idée ? demanda Maman à Sophie d'un air suppliant.

– Je ne suis pas compétente dans ce genre de cas, dit Sophie d'un ton de désapprobation. La seule chose qui me vient à l'esprit, c'est que Thesi pourrait tomber malade à partir de demain !

– Mais oui ! s'écria Maman, voilà la solution ! Quand as-tu ta prochaine heure d'allemand ?

– Après-demain ! sanglota Thesi.

– Bon, dit Maman, eh bien, demain et après-demain, et même un jour après pour que ça soit plus plausible, tu auras la grippe ! Il y a une épidémie en ce moment ! Friederich s'en remet à peine, par exemple !

Thesi sanglota encore un peu, puis hocha la tête d'un air docile. Elle laissa Maman la relever, la conduire à sa chambre, la déshabiller, lui mettre sa chemise de nuit comme à un petit enfant et la border.

– Alors, ça va un peu mieux ? demanda Maman.
– Couci-couça, murmura Thesi.
Maman éteignit la lumière et sortit. Thesi était tellement fatiguée qu'elle s'endormit sans même prendre le temps de rêvasser.

6

Thesi prend une décision dont elle ne saisit pas toute la portée et qui complique encore sa situation.

Le lendemain matin, Thesi se réveilla très tôt. Il faisait encore nuit. Elle se sentait bizarre, presque comme si elle avait été vraiment un peu malade. Elle essaya de se rendormir mais sans succès. Elle essaya de «rêver», mais là non plus elle n'y parvint pas. Elle ne voyait pas ce qui aurait pu lui arriver de merveilleux après son opération esthétique. Elle tâta d'un concours de beauté et se couronna reine. Essaya un contrat pour la télévision et se proclama vedette du petit écran. Choisit un prix littéraire, un voyage en avion à Mexico, mais ce n'était que des histoires sans intérêt.

Alors, elle se leva, s'assit à son bureau, alluma sa lampe et écrivit une lettre à Axel.

Cher Axel,

Je suis malade. J'ai la grippe. C'est trop bête! La grippe, c'est en hiver qu'on l'attrape d'habitude. En plus, il fallait absolument que j'aille à l'école aujourd'hui, parce qu'il y a une bagarre dans notre classe, qui s'est divisée en deux camps. C'est à propos de Mlle Fisch. Elle postillonne en parlant et le camp de Bigi et Charlie veut s'abriter derrière des boucliers anti-postillons pendant le prochain cours d'allemand. Mon camp est contre, parce que Mlle Fisch nous fait pitié. Aujourd'hui, je vais prendre quatre fois la dose normale de médicaments contre la grippe pour pouvoir être de nouveau en forme demain! Je t'écrirai ensuite pour te dire comment s'est terminée la bataille.

Ton amie Maria-Theresia.

Thesi rangea la lettre dans le premier tiroir de son bureau en pensant: «J'ajouterai peut-être un P.S. ou un P.P.S. dans la matinée.» Puis, elle se glissa dans son lit et se rendormit. Elle dormit jusqu'à ce que de la musique venant de la chambre de Sophie retentisse dans toute la maison, pendant que des bruits de pas et de voix se faisaient entendre dans l'entrée.

Sécher les cours n'est pas si facile quand on manque d'expérience. Rester au lit et entendre les autres se lever pour partir au travail éveille, chez quelqu'un qui sèche l'école sans entraînement, un réel sentiment de culpabilité. Thesi se mit la tête sous la couverture. Dessous, il faisait étouffant, mais cela valait mieux que d'entendre ce déchirant appel du devoir.

Lorsque Thesi estima que Papa, Maman et Sophie devaient être partis depuis longtemps, elle émergea de ses couvertures. Mais on entendait toujours des pas dans l'entrée et de la musique dans la chambre de Sophie. Il était seulement sept heures et demie.

– Kurt, ton café est prêt! cria Maman.

Thesi aimait prendre un solide petit déjeuner. Elle ne faisait pas partie de ces enfants incapables d'avaler une bouchée le matin. Au contraire! Du café au lait crémeux, du jus d'orange, des toasts, du beurre, du miel, un œuf mollet, éventuellement même un peu de jambon et une pointe de fromage étaient, le matin, une absolue nécessité pour l'estomac de Thesi, lequel d'ailleurs se rappela à son souvenir en grondant bruyamment. Thesi trouva cela incongru. Elle avait un problème énorme, si énorme qu'elle n'osait pas se montrer en classe et qu'elle se sentait vraiment misérable ! Ce n'était pas le moment d'avoir faim ! Quand on souffre, on n'a pas le ventre qui gargouille !

« Tais-toi », murmura Thesi en appuyant des deux mains sur son ventre dont les borborygmes s'amplifiaient. Mais lorsqu'une légère odeur d'œufs au bacon se mit à flotter dans la chambre, Thesi sauta de son lit et fonça à la cuisine. Comme tous les matins, Papa était seul à table. Sophie n'avait jamais le temps de prendre un vrai petit déjeuner. Elle se contentait d'une tasse de café qu'elle buvait à la hâte dans sa chambre en bâclant la fin d'un devoir. Quant à Maman, elle ne prenait au petit déjeuner qu'une tisane qu'elle allait boire dans la salle de bains. Elle avait peur, si elle s'asseyait à table, de ne pouvoir résister à la tentation d'une tartine jambon-beurre-fromage. Quand on veut à tout prix atteindre le « poids idéal », on doit éviter ce genre de confrontations.

– Bien l'bonjour, mam'zelle ma fille, dit Papa.

Thesi sortit une tasse du buffet, s'assit à côté de son père, se versa du café au lait et ajouta du sucre.

– Qu'est-ce que j'entends ? Tu renonces à l'école aujourd'hui ?

Papa mit deux tranches de pain dans le grille-pain. Thesi fit oui de la tête.

– Tu n'as pas fait tes devoirs ? reprit Papa en tartinant généreusement une tranche de jambon avec de la moutarde avant de se la fourrer dans la bouche.

– Maman ne t'a pas expliqué ?

Thesi n'avait aucune envie de répéter en détail l'histoire de la Carpe. Papa secoua la tête.

– Non, elle a simplement dit qu'il fallait que je rentre à l'heure ce soir, parce qu'elle voulait distribuer les tâches domestiques.

En disant cela, Papa eut une expression de terreur : on l'aurait pu croire menacé d'exécution immédiate.

– Mais je suppose que ça n'a rien à voir avec le fait que tu n'ailles pas en classe. Serais-tu de corvée de repassage ce matin ?

– Non, murmura Thesi.

– A vrai dire… (Papa sortit une tranche de pain du grille-pain et se mit à la beurrer)… à vrai dire, je ne trouve pas cela beau joueur de ta part. Tu as toujours « très bien » en classe. Tu pourrais quand même supporter un « insuffisant » de temps en temps. Les autres le font bien !

– Il ne s'agit pas de notes ! dit Thesi. On n'est pas en période d'interrogations ! C'est trop tôt.

– De quoi s'agit-il alors ?

– Mlle Fisch postillonne, souffla Thesi à contrecœur.

– Et alors ?

Papa sortit la deuxième tranche de pain du grille-pain. Elle était légèrement brûlée à un coin. Il gratta le noir avec un couteau et tendit la tartine à Thesi.

– Ceux de ma classe ne veulent plus qu'on leur postillonne dessus ! expliqua Thesi en beurrant sa tartine puis en la barbouillant de confiture.

– Et alors ?

Papa tira le pot de confiture à lui et s'y attaqua consciencieusement, par cuillerées entières. Thesi restait muette. Il lui semblait difficile d'exposer l'affaire à son père qui ne ratait jamais l'occasion d'évoquer fièrement sa scolarité marquée de pauvres professeurs qui avaient tremblé devant lui. Il y en avait même eu un, soi-disant, qui avait pris sa retraite anticipée à cause de lui. Quand Thesi se représentait son père écolier, elle imaginait une sorte de « super-Charlie » et elle était persuadée que ce héros aurait eu une bien piètre opinion d'une élève comme elle.

– Et alors ? répéta Papa.

– Arrête de bombarder de questions notre pauvre biquette, et dépêche-toi un peu ! cria Maman de l'entrée. Nous devons partir ! J'ai déjà cinq minutes de retard ! Je ne peux pas arriver encore la dernière aujourd'hui !

Papa s'essuya la moustache à un coin de la nappe et se leva.

– Pourquoi me raconte-t-elle que mon enfant est pauvre ? murmura-t-il en quittant la cuisine.

Thesi se fit encore deux tartines et but encore deux

tasses de café sans lâcher des yeux l'horloge de la cuisine. Elle était étonnée d'entendre encore le « teckel » de Sophie brailler dans la salle de bains. (Le « teckel » était un poste de radio marron au look tristounet des années cinquante, tout rond, étroit et démesurément long.)

« Huit heures moins dix », pensa Thesi. « Ou Sophie s'est noyée dans la baignoire, ou elle a complètement perdu la notion du temps ! »

Thesi alla à la porte de la salle de bains et cria :

– Dis, Sophie ! Il est huit heures moins dix !

– Je sais, répondit Sophie. Je suis dans mon bain !

– Tu ne commences pas à huit heures ? demanda Thesi.

– Je ne commence pas du tout ! cria Sophie. La grippe est contagieuse, sister ! Mettons, si tu veux, que tout le monde a les mêmes droits dans la famille !

On n'entendit plus que quelques glouglous. Apparemment, Sophie avait mis la tête sous l'eau. Thesi voulut retourner à la cuisine, quand on sonna à la porte et, couvrant le bruit de la sonnette, quelqu'un cria : « C'est moi, Friederich ! » Elle alla ouvrir.

– J'ai entendu ta charmante voix de casserole à travers le mur, dit Friederich en prenant le chemin de la cuisine. La moitié de l'immeuble a la grippe ! Vous avez la chiasse, vous aussi ?

Il s'attabla et demanda : « On peut continuer le travail ? » Thesi fit oui de la tête. Friederich mit quatre tranches de pain dans le grille-pain.

– Ma vieille mère me soigne à grand renfort de thé et

de flocons d'avoine, alors que je n'ai même plus la chiasse !

Il regarda Thesi.

– Tu ne m'as pas l'air malade du tout, constata-t-il. Au contraire, tu pètes la forme !

Il saisit la cafetière et en souleva le couvercle.

– Merde, elle est vide !

– Je vais en faire d'autre ! dit Thesi en lui prenant la cafetière des mains.

– Non, non, dit Friederich. Assieds-toi, je m'en occupe. Avec cette grippe, on tient à peine sur ses pieds. Si tu te surmènes, tu vas te retrouver au tapis !

– Je n'ai pas la grippe !

Thesi versa la poudre dans la cafetière électrique.

– Qu'est-ce que t'as alors ?

– Je sèche !

– Pas possible ?

Friederich ouvrit des yeux ronds.

– Tu ne le répètes à personne, compris ?

Friederich ne se donna même pas la peine de répondre.

– Et Sophie ? demanda-t-il.

– Elle sèche, parce que je sèche, dit Thesi.

– Et pourquoi sèches-tu ?

Thesi sortit un pot de confiture plein et quelques tranches de jambon supplémentaires.

– Comme ça. Parce que je n'ai pas envie d'aller en classe.

– Comme ça ?

Friederich écarquilla encore plus les yeux. Thesi avait

les siens fixés sur le filtre à café et regardait couler le jus brun qui gargouillait.

– J'te crois pas, dit Friederich.

Thesi prit la cafetière et la posa sur la table. Friederich s'en versa une tasse.

– J'ai comme qui dirait une idée, baby, dit-il. Hier, j'ai eu la visite de quelques potes du club de natation. Il y avait en particulier Bigi, de ta classe, et elle m'a raconté qu'on préparait une opération contre la Carpe !

– Et alors ?

Thesi fit comme s'il n'existait aucun rapport entre ce qu'avait bien pu raconter Bigi et le fait qu'elle n'aille pas en classe, elle.

– Bibi a dit qu'elle ne savait pas si tu y participerais. Apparemment tu n'aurais dit ni oui ni non.

Friederich regarda Thesi avec curiosité.

– Et alors ?

Thesi ne savait toujours pas quoi répondre.

Friederich grimaça :

– Tu joues les malades, parce que tu ne veux pas y participer, mais que tu n'oses pas non plus te défiler ouvertement. Je me trompe ?

– Oui ! dit Thesi.

– Non ! dit Friederich.

Il le dit d'un ton si péremptoire que Thesi n'osa plus le contredire.

– Pourquoi es-tu si trouillarde ? (Friederich était en train d'entasser audacieusement sur ses tartines beurre, morceaux de fromage et tranches de jambon.) Qu'est-ce que tu risques ? Il ne peut rien arriver au premier de la classe, et tu n'as vraiment aucune raison de chier dans ton froc à cause de la Carpe !

– T'es dingue, s'écria Thesi, je n'ai absolument pas peur de la Carpe. Elle me fait seulement pitié !

Friederich mordit dans l'une des tartines et dit en mâchant avec vigueur :

– Ce n'est pas un argument convaincant. De toute façon, l'opération aura lieu. Ce n'est pas en n'y participant pas que tu épargneras la Carpe. Mais seulement, après, tu seras blanche comme neige ! Tout ce qui sortira de ta soi-disant maladie, c'est un verdict d'acquittement !

Friederich attaqua une autre tartine

– Ça ne me regarde pas, dit-il, mais je ne comprends vraiment pas pourquoi il faut toujours que tu sois contre ta classe.

– C'est elle qui est contre moi ! cria Thesi.

– Question de point de vue, dit Friederich. Charlie m'a dit...

– Ah çà, bien sûr, si c'est l'avis de Charlie contre le mien, hurla Thesi, ce n'est même pas la peine de discuter. Rentre chez toi !

– Quand j'aurai fini de manger, dit Friederich.

Thesi allait planter là dans la cuisine l'affreux Friederich lorsque Sophie surgit, drapée dans le peignoir de bain de Maman, son teckel sous le bras.

– Vous vous disputez ?

– C'est elle qui a commencé ! dit Friederich. Elle ne

veut pas écouter mes conseils bien intentionnés ! Elle est persuadée que toute la classe est liguée contre elle !

– Je l'ai remarqué ! dit Sophie en s'attablant elle aussi et en s'emparant d'une des tartines de Friederich.

– Facile à dire ! dit Thesi à Sophie. Personne n'est méchant avec toi !

– Oui, mais moi, je suis toujours du côté des élèves et jamais du côté des profs !

Sophie mordit dans la tartine et fit la grimace.

– Berk ! gronda-t-elle, tu comptes vraiment avaler une telle montagne de beurre ?

Elle enleva le jambon et le fromage de la tartine et gratta le beurre avec un couteau.

– Tu veux mon avis, sister ? Va demain bien sagement à l'école et emporte avec toi un bouclier anti-postillons.

– Exactement, dit Friederich.

– Mais ce n'est pas la faute de Mlle Fisch si elle postillonne ! Vous ne comprenez pas ça ?

Thesi voulut enchaîner sur la triste histoire du tassement de gencives, mais Sophie s'écria :

– Mince, sister ! En résumé, il y a deux camps : d'un côté les élèves, de l'autre les professeurs. Quiconque prétend le contraire est un menteur. Quant à cette pauvre Fisch, dois-je te rappeler combien de malheureux élèves ont souffert par sa faute sans pouvoir faire quoi que ce soit ?

Elle se leva et s'avança vers Thesi. Puis, lui enfonçant son index dans le ventre, elle ajouta :

– Tu es une élève et tu dois donc soutenir ton camp.

Les profs aussi se tiennent les coudes. As-tu déjà vu un prof s'allier aux élèves contre ses collègues ?

– Non, dit Thesi en se dérobant au doigt que Sophie lui poussait dans l'abdomen.

– Tu vois bien, dit Friederich. Alors s'il te plaît, va chercher un bout de plastique et je vais t'aider à te fabriquer le bouclier !

Thesi murmura « OK » et partit à la recherche du matériel nécessaire. Sophie et Friederich la suivirent du regard.

– Je crois qu'elle a pigé, dit Sophie.

– Pas trop tôt, dit Friederich en s'adjugeant la dernière tartine. Espérons qu'elle ne fera pas marche arrière !

Sophie fit un signe de tête affirmatif.

Thesi ne revint pas sur sa décision. Le soir même, elle en informa Papa et Maman.

Maman n'était pas vraiment d'accord. Elle pensait que Thesi avait subi la mauvaise influence de Friederich et de Sophie. Elle voulait que sa fille réfléchisse encore jusqu'au lendemain. Mais pour Thesi, c'était tout réfléchi. Elle ne pensait pas avoir été mal influencée. On l'avait convaincue et elle se sentait énormément soulagée. A tel point qu'après le dîner, durant le « débat sur les travaux ménagers », elle s'écria constamment « Je m'en charge » lorsque Maman distribua les tâches. Pleine de gratitude, elle voulait à tout prix éviter à une sœur qui venait de la remettre dans le « droit chemin » les petits soucis de la vie quotidienne comme de vider la poubelle, débarrasser le lave-vaisselle, faire les courses, étendre le linge, passer l'aspirateur ou encore arroser les plantes.

Cela ne plut pas à Maman.

– C'est ridicule, dit-elle en regardant la liste en projet, qui portait quatre colonnes intitulées « moi », « Kurt », « Sophie » et « Thesi ». Jusqu'à maintenant, c'est comme si Thesi et moi nous nous étions partagé tout le travail. Ni toi (elle pointa un doigt accusateur vers Papa), ni toi (elle désigna Sophie), ne vous êtes proposés une seule fois quand j'ai lu la liste des tâches ! (Elle soupira.) Je ne marche pas ! Prenons le problème par l'autre bout ! (Elle montra de nouveau Papa du doigt.) Quel travail acceptes-tu de faire ?

Papa n'était pas encore fixé. Il expliqua qu'il se chargerait volontiers d'aller faire les courses, de passer l'aspirateur, de laver le linge, d'arroser les plantes et de préparer le dîner. Mais, ajouta-t-il, il ne pouvait pas promettre de faire tout ça de façon régulière et sûre. Son métier avait priorité ! Et quand il rentrait le soir, vers huit heures, huit heures et demie, complètement crevé – ça risquait d'être le cas ces prochains jours – personne ne pouvait exiger de lui qu'il repasse du linge ou qu'il s'occupe du ménage ! De même, il ne pouvait pas non plus quitter une réunion à cinq heures pile en disant : « Hélas, messieurs, il faut que j'aille acheter trois saucisses fumées ! »

– En somme, selon toi, tout devrait rester comme avant ? dit Maman d'un ton de colère.

– Comment ça ? Mais je suis tout disposé à t'aider !

protesta Papa.

Maman explosa.

– Qui parle de m'aider, MOI ? hurla-t-elle. On aide les gens qui ne s'en sortent pas avec leur travail ! Moi, je me sors très bien du MIEN ! Merci ! Simplement, je dois me charger de VOTRE travail ! De VOTRE linge dégueulasse, de VOTRE merdier, de VOTRE bouffe et de toutes VOS saloperies d'affaires !

– Tu m'excuseras, répondit Papa sur le même ton, mais je travaille comme une brute, figure-toi ! N'essaye pas de me faire passer pour un flemmard !

– Moi aussi, je travaille comme une brute !

– Eh bien, arrête ton boulot !

– Mais il me plaît, mon boulot ! Même si, en un jour, je gagne ce que tu gagnes en deux heures !

– D'accord, d'accord. (La voix de Papa avait repris plus ou moins sa tonalité normale.) J'ai la solution. Nous irons porter notre linge sale à la laverie. Nous nous ferons livrer les courses à domicile. Nous engagerons une femme de ménage trois fois par semaine. Et c'est moi qui payerai tout ça, ce sera ma contribution aux tâches domestiques...

– Ce n'est pas juste, s'écria Sophie. Parce qu'il a de l'argent, il peut se défiler !

– C'est la vie, mon ange, dit Papa, et il prit le journal posé sur la table et alla dans sa chambre.

– Pauvre type ! lui hurla Maman.

Elle s'empara du gros cendrier en verre et le lança contre la porte de la chambre. Le cendrier heurta le bois blanc, rebondit sur le sol et atterrit intact sur le tapis. Seuls deux mégots et un peu de cendre éparpillée témoignaient du courroux de Maman, qui conclut avec amertume :

– Eh, merde ! Je ne suis même pas capable de réussir une scène de ménage !

Elle alla chercher l'aspirateur et aspira la cendre et les mégots.

– La séance est levée ? demanda Sophie.

– Apparemment ! dit Maman en lui jetant un regard venimeux.

– Pourquoi me regardes-tu comme ça ? demanda Sophie. Je n'ai rien dit contre toi.

– Tu n'as pas non plus pris ma défense !

Maman arrêta l'aspirateur.

– Je ne peux pas prendre ta défense, ma très chère mère, dit Sophie, parce que je ne suis pas d'accord avec toi. Pourquoi devrais-je mettre de l'ordre si je me sens bien dans mon foutoir ? Pourquoi devrais-je descendre tous les jours la poubelle, alors qu'elle n'est pleine qu'au bout de cinq jours ?

– Parce qu'elle pue !

– L'odeur ne me dérange pas. Il n'y a que toi qui la sens. Je n'ai pas non plus besoin de draps repassés, de portes lessivées, de vitres lavées et de repas chauds à trois services le soir. Pourquoi ferais-je des choses que je trouve idiotes ? Tu sais quoi ? Tu fais une fixation sur les tâches ménagères. C'est dépassé, le genre parfaite petite maîtresse de maison !

– Moi, une fixation sur les tâches ménagères ? Tu dérailles. Si je faisais vraiment une fixation là-dessus, je n'essayerais pas à tout prix de me faire aider !

– C'est encore pire, dit Sophie. Tu crois qu'il faut absolument faire tout ce boulot, et tu exiges que ce soit nous qui le fassions !

– Un intérieur soigné..., commença Maman, mais elle ne put terminer car Sophie se mit à brailler :

– Je deviens dingue ! Un intérieur soigné ! Ça veut dire quoi, ça ? On croirait entendre une mémère ! Qui donc a besoin d'un intérieur soigné ?

Elle se tourna vers Thesi :

– Toi, peut-être ?

– Pas vraiment, dit Thesi avec hésitation et sans regarder Maman.

– Papa ! cria Sophie. Papa, as-tu besoin d'un intérieur soigné ?

La porte de la chambre s'ouvrit.

– Si j'ai besoin de quoi ?

– D'un intérieur soigné ! répéta Sophie.

Papa se mit à rire, appuyé contre le montant de la porte.

– J'en ai autant besoin que d'un crapaud dans une soupe aux haricots !

– D'accord, dit Maman en se levant. A compter d'aujourd'hui (elle regarda sa montre), vingt-deux heures et sept minutes, je me débarrasse de ma fixation ! Faites ce que vous voulez, et comme vous voulez. A partir de maintenant je ne me sens plus responsable !

La tête haute, elle quitta la salle à manger en claquant la porte derrière elle. Sophie ricana.

– Madame a enfin compris ! dit-elle.

Papa ricana à son tour, murmura : « Il faut l'espérer », et redisparut dans sa chambre.

Thesi alla dans la sienne et prépara son cartable pour le lendemain. Elle enveloppa le bouclier anti-postillons dans du papier de soie et le mit dans un sac en plastique. Il n'y aurait pas eu de place pour lui dans le cartable, parce que Friederich avait vu grand et fabriqué un bouclier absolument gigantesque, convexe, aux coins brodés de perles et aux poignées ornées de franges. Avant d'aller se coucher, Thesi sortit du tiroir la lettre pour Axel Lindner et la déchira en petits morceaux. Puis elle en commença une autre :

Cher Axel,

Demain à l'école aura lieu une grande opération bouclier anti-postillons ! Tout le monde dans la classe est d'accord et personne ne se défile ! C'est à propos de Mlle Fisch. Elle n'y est pour rien, la pauvre, mais quoi ! nous autres élèves devons quand même nous défendre !...

7
Un sort injuste et cruel s'acharne sur Thesi qui - on la comprend - finit par s'affoler.

«Bon sang de bonsoir, c'est de la pure mesquinerie féminine!» furent les premiers mots que Thesi entendit ce matin-là. Papa les hurlait devant la porte de sa chambre et Thesi crut tout d'abord qu'il râlait contre la vieille Bauer, qui s'était peut-être une fois de plus plainte par téléphone que la musique était trop forte. Le vacarme épouvantable venant de la chambre de Sophie amenait à cette première supposition. Mais quand Papa ajouta: «Tu peux au moins me dire où sont mes chaussettes», Thesi comprit qu'elle faisait fausse route, vu le peu de rapport entre les chaussettes de Papa et la vieille Bauer.

Thesi se leva et alla dans l'entrée. Là, elle comprit la situation. Maman n'avait pas préparé les affaires de Papa. Elle ne lui avait sorti ni chemise, ni sous-vêtements, ni chaussettes et n'avait pas fait non plus le petit déjeuner. Papa, complètement perdu, se tenait devant la commode, sans savoir dans quel tiroir chercher.

Thesi alla dans la salle de bains. Elle y trouva Maman et Sophie devant les lavabos. Maman se nettoyait les incisives du haut avec un fil de soie, pendant que Sophie se séchait la frange au sèche-cheveux.

– Dis, Maman, où sont les chaussettes et les sous-vêtements de Papa, s'il te plaît ? demanda Thesi.

Maman se retourna, ricana avec jubilation et haussa les épaules.

– Ne sois pas puérile, Maman, dit Thesi.

Maman ôta le fil de sa bouche.

– Ne te mêle pas de ça, dit-elle. Laisse-le chercher. S'il ne trouve pas ses affaires, qu'il engage donc un chercheur de chaussettes ! Les hommes qui pensent pouvoir échapper aux corvées parce qu'ils gagnent de l'argent, il faut leur faire prendre conscience de certaines réalités !

Thesi retourna dans l'entrée et aida son père dans ses recherches. Elle finit par dénicher les effets souhaités. Il la remercia d'un long regard de chien fidèle et en profita pour lui demander si elle ne pourrait pas lui préparer une tasse de café. Dans son emploi du temps de la matinée, Thesi n'avait pas prévu une telle manœuvre. Mais elle accepta de s'en charger. Elle fit même frire les œufs et coupa le pain. Pendant qu'elle mettait le couvert Maman vint dans la cuisine préparer son breuvage-minceur.

– Tu n'as pas honte, Thesi, ma biquette ? dit-elle. Tu ruines mes tentatives de rééducation ! Quel manque de solidarité !

Thesi avait effectivement honte, mais elle ne savait rien refuser à Papa quand il prenait son air suppliant.

– En plus, dit Maman en sortant de la cuisine avec sa mixture, tu vas arriver en retard ! Tu es encore en chemise de nuit, ma biquette ! Il faut que tu files dans un quart d'heure !

Thesi finit de préparer le petit déjeuner de son père aussi vite qu'elle le put et renonça à manger elle-même quelque chose. Elle cria : « C'est servi ! » et était sur le point de s'élancer vers la salle de bains quand Papa surgit, une chaussure crottée dans chaque main, et lui demanda si elle voulait bien « passer un petit coup de brosse sur ces godasses ». Ayant fini de s'habiller, il avait peur de salir son complet bleu marine en le faisant lui-même.

Thesi prit les chaussures, mais un « petit coup de brosse » était loin de suffire. Elles étaient couvertes d'une épaisse couche de boue séchée. Papa avait dû patauger dans de la gadoue. Thesi gratta la semelle avec un couteau et alla chercher une éponge pour nettoyer le cuir. Maman quitta l'appartement en criant « Salut », suivie de près par Sophie. Thesi était toujours dans l'entrée à se débattre avec les chaussures. A l'heure où elle arrivait d'habitude à l'école, ces satanées godasses furent enfin propres. Thesi courut les porter à la cuisine, où son père était en train de dévorer des œufs au bacon. Il la remercia avec émotion. Thesi renonça à sa toilette. Elle courut dans sa chambre, se donna un simple coup de brosse, enfila pantalon et chandail sans se préoccuper du fait qu'un pull rouge brique et un jean couleur framboise n'allaient pas forcément ensemble, saisit son cartable et le sac en plastique, et s'élança dans l'escalier.

Là, il lui vint à l'esprit qu'elle avait oublié de demander un mot d'excuse à Maman. Elle fit demi-tour, et vint en courant demander à Papa de lui en faire un. Papa était plutôt du genre pointilleux et il ne sentit pas l'urgence du cas. Il commença par se laver longuement les mains parce qu'il avait de la confiture sur un doigt, puis demanda: «Que dois-je écrire?»

– «Grippe», dit Thesi.

– La grippe, ça dure plus qu'un seul jour, dit Papa après réflexion.

– Eh bien, écris «mal de gorge», dit Thesi.

– Tu ne préférerais pas «visite chez le médecin?» demanda Papa.

– D'accord, va pour «visite chez le médecin», soupira Thesi en piétinant d'impatience.

– Non, «visite chez le médecin», ça ne va pas non plus, dit Papa. Tu aurais dû les prévenir avant-hier. Que penses-tu d'«indisposition?» Ça laisse la porte ouverte à toutes les hypothèses.

Thesi acquiesça, découragée. Papa alla dans sa chambre, s'assit à son bureau, mit une feuille dans la machine à écrire et commença à taper. Puis il arracha la feuille. Il avait fait une faute de frappe. Il prit un autre papier et et se remit à taper. Mais il n'arriva pas plus loin que: «Ma fille Maria-Theresia».

«Merde», gronda-t-il en pointant un doigt accusateur sur les dernières frappes. On les voyait à peine. Le ruban était usé. Papa entreprit d'en chercher un autre dans ses tiroirs.

– Papa, je vais arriver en retard, gémit Thesi, tu peux

bien écrire ces deux lignes à la main !

– Moi aussi je vais arriver en retard, dit Papa avec une sérénité royale et il continua à chercher.

– Oui, mais toi, tu es le chef au bureau ! s'écria Thesi. Et puis, tu sais bien qu'en première heure j'ai l'opération bouclier anti-postillons !

– Oh pardon ! dit Papa qui abandonna ses recherches et prit son stylo à plume. Mais mon écriture est illisible, dit-il songeur.

Thesi regarda l'heure. Huit heures pile. La cloche de l'école devait être en train de sonner le début des cours. Et Mlle Fisch arrivait sûrement déjà dans la classe.

– Laisse tomber, Papa, dit Thesi, je ne vais plus à l'école. C'est trop tard !

Papa la regarda d'un air penaud.

– Excuse-moi, ma biquette.

Thesi essaya de sourire et de faire comme si tout cela n'avait pas d'importance. Mais en vérité elle avait envie de pleurer. Papa s'en aperçut : « Comment puis-je me racheter ? » demanda-t-il.

Thesi secoua la tête. Ses yeux s'emplirent de larmes.

– Et si je t'emmenais en voiture ?

– Trop tard, sanglota Thesi.

– Ça vaut peut-être mieux, dit Papa. Parfois dans la vie, on croit que tout va mal, mais après on s'aperçoit que c'était mieux ainsi. Tu comprends ce que je veux dire ?

– Non, dit Thesi et elle quitta la pièce.

Papa la suivit. Il voulait savoir ce qu'elle allait faire

pendant la matinée. Il lui demanda s'il pouvait l'emmener quelque part en voiture. Peut-être en ville, faire du lèche-vitrines ? Il lui proposa de l'argent pour s'acheter de nouvelles chaussures ou une robe. Il existait aussi des cinémas ouverts le matin, ajouta-t-il. Il se souvint même de la piscine découverte à la sortie de la ville.

Comme Thesi refusait toutes ces propositions en secouant la tête, il lui offrit de venir avec elle. Il affirma qu'il n'avait de toute façon aucun rendez-vous important ce matin-là. Mais Thesi déclina aussi cette offre et Papa dit, la mine sombre :

– Ma biquette, tu n'es pas juste ! J'essaye de racheter ma faute et tu ne me laisses aucune chance !

– Ce n'est pas de ta faute, vraiment pas, répondit Thesi mollement.

Papa était rassuré. Il prit les clés de sa voiture, vérifia dans la glace de l'entrée que sa cravate était bien mise, salua Thesi d'un signe de tête et fila.

Thesi s'aperçut alors qu'il avait oublié son portefeuille et son permis de conduire sur la petite table de l'entrée. Elle courut à la porte, l'ouvrit violemment et hurla : « Papa ! »

La cage d'escalier avait une acoustique digne d'un opéra bien construit.

– Ton permis de conduire et ton argent ! cria Thesi.

– Quel idiot ! La voix de Papa résonna dans l'escalier :

– Sois gentille, envoie-les-moi !

Thesi fourra les affaires de Papa dans un sac en plastique, se pencha sur la rampe et laissa tomber le tout. Le sac tournoya jusqu'au rez-de-chaussée. Le portefeuille s'en échappa. La poche renfermant les pièces de monnaie s'ouvrit et Papa se retrouva, comme dans le conte de Grimm*, sous une pluie d'argent.

« Merde », entendit Thesi. Elle se pencha un peu plus et vit son père qui ramassait les pièces. Une porte s'ouvrit derrière elle et Friederich surgit sur le paillasson. Il était en pyjama.

– Alors finalement tu es restée !

Ce n'était pas une question, mais bien un reproche.

Entre-temps, Papa avait remis toute sa monnaie dans son portefeuille. Il fit un signe de la main à Thesi et disparut.

– Tu es et resteras à jamais une trouillarde, dit Friederich.

– Je voulais y aller, dit Thesi, mais Papa...

– Il n'a pas voulu ? s'étonna Friederich.

– Si, bien sûr qu'il a voulu, mais Maman a fait grève...

– Quoi ? C'est ta mère qui n'a pas voulu ?

Friederich était de plus en plus étonné.

– Mais si ! Laisse-moi donc finir ! s'écria Thesi.

– Bon vas-y, parle !

Friederich s'appuya à la rampe d'escalier et attendit. Thesi voulait lui raconter toute l'histoire, mais la mère de Friederich apparut brusquement dans le couloir.

– Mon bijou, mon bijou, gémit-elle, tu n'as donc pas pour deux sous de jugeote ! Faut-il t'expliquer tout

*NdT : « Die Sterntaler », conte très célèbre en Allemagne, traduit en français sous les titres : « L'argent du Ciel » ou « La pluie d'étoiles ».

comme à un bébé? Avant-hier tu avais encore de la fièvre et maintenant tu te promènes à moitié nu dans le couloir! Couvre-toi, mon bijou!

Elle tendit à Friederich un peignoir de bain. Friederich roula des yeux navrés, mais laissa sa mère le lui enfiler.

– Quant à toi, ta place est au lit, dit la mère de Friederich à Thesi. Quelle misère avec vous autres! On ne plaisante pas avec la grippe! Et un bon lit chaud reste encore le meilleur remède!

Thesi fit oui de la tête et s'apprêta à rentrer.

– Tu as pris ta température aujourd'hui? lui cria la mère de Friederich.

Thesi fit oui de la tête.

– As-tu de la fièvre?

– Non, répondit Thesi.

– La grippe sans fièvre est plus grave, affirma la mère de Friederich. Ne prends pas ça à la légère! Prépare-toi une camomille et va te coucher, Thesi!

Thesi opina du bonnet une fois de plus.

– C'est moi qui vais la lui faire, sa camomille, dit Friederich à sa mère.

– C'est ça, mon bijou, répondit-elle.

Puis elle ajouta quelques propos concernant les pauvres enfants qui doivent s'en sortir sans l'aide de leur mère, mais Thesi était déjà à sa porte et ne comprit pas exactement ce qu'elle disait.

Thesi n'était pas trop d'humeur à supporter la compagnie de Friederich, mais celui-ci ne lui demanda pas son avis. Il se faufila dans l'entrée à sa suite, faisant comme chez lui et marchant d'un pas sûr vers la cuisine. Il s'assit à la table et entreprit de finir les restes du petit déjeuner de Papa.

– Pourrais-je avoir du café ? demanda-t-il.

– La cafetière est encore à moitié pleine, dit Thesi hargneuse.

– Oui, mais il est tiède, répondit Friederich en faisant la moue. Fais-moi au moins réchauffer du lait ! (Il lui tendit le pot à lait.) Et maintenant, raconte !

Thesi versa le lait dans une casserole qu'elle plaça ensuite sur la cuisinière électrique. Puis, tout en gardant les yeux fixés sur le lait, elle rendit compte à Friederich du déroulement de la matinée.

Le lait se mit à bouillir et monta dans la casserole. Friederich dit :

– Allons, tu ne vas tout de même pas me faire croire ça !

Thesi retira la casserole de la cuisinière.

– Je n'ai pas changé un seul détail, ça s'est passé exactement comme ça !

Friederich lui tendit sa tasse que Thesi remplit de lait.

– Ma chérie, dit-il, c'est clair comme de l'eau de roche ! Ton subconscient a encore étouffé ton vouloir !

Il remua le sucre dans son café au lait.

– En vérité, tu ne voulais absolument pas aller à l'école et tu t'es persuadée toi-même que tu devais cirer les chaussures de ton papa !

– Non !

Thesi posa si violemment la casserole sur la table

qu'elle éclaboussa un peu partout et que le peignoir de bain de Friederich se couvrit de petites taches blanches.

– Si, ma très chère ! dit Friederich en essuyant son peignoir. Ton vieux père n'est quand même pas un pacha et tu n'es pas son esclave ! Et puis, même si c'était le cas, tu aurais pu filer sans mot d'excuse et l'amener demain. Non ?

« Imbécile » fut la seule chose qui vint à l'esprit de Thesi. Il était difficile d'argumenter contre Friederich. Elle le savait par expérience. Depuis que son frère était en fac de psychologie, Friederich se prenait pour un spécialiste de l'âme humaine.

– Mais c'est normal que tu ne veuilles pas admettre la vérité, expliqua-t-il avec condescendance. Tous ceux qui ont un problème psychologique ont la même réaction, par peur de devoir se remettre en question. On appelle ça un mécanisme d'autoprotection !

Il but bruyamment son café, s'essuya la lèvre supérieure et continua d'un ton professoral :

– Tu sais, le fait de nier obstinément la vérité participe du processus même de la maladie !

– Fous le camp ! hurla Thesi. Disparais immédiatement, si tu ne veux pas te retrouver coiffé d'une casserole !

C'était vraiment trop fort ! Cet imbécile était tranquillement assis à sa table, lui bouffait son pain, son beurre et sa confiture, se faisait réchauffer le lait et discourait sur « l'évolution de sa maladie » !

Mais Friederich ne pensa pas un instant disparaître. Il

s'appuya au dossier de sa chaise, étendit les jambes sous la table, ferma les yeux, rota et continua :

– Classique ! Maintenant tu veux me jeter dehors ! Tu as peur d'entendre la vérité et d'avoir à l'accepter ! Mais je ne marche pas ! En tant qu'ami, j'ai le devoir de te dire cette vérité !

Thesi alla dans sa chambre, prit le reste de ses économies dans le tiroir de son bureau, le fourra dans sa poche de derrière et cria en direction de la cuisine :

– Dis donc, l'abruti ! quand tu seras enfin rassasié et si par hasard l'envie te prenait de rentrer chez toi, tu n'auras qu'à claquer la porte derrière toi !

Lorsqu'elle passa devant la cuisine, Friederich lui demanda :

– Où vas-tu ?

Thesi ne répondit pas. Elle estima par trop impoli de dire : « C'est simple, n'importe où, où je ne te verrai plus ! »

Thesi se promena jusqu'aux environs de midi. Elle regarda les vitrines de chaussures et d'appareils électroménagers, de meubles et d'habits, de saucisses et de livres, de fleurs et de produits de beauté, de balais et de plumeaux, de cuisinières à gaz et de frigos. Elle se sentait incroyablement seule et abandonnée. Elle trouvait que Friederich l'avait vraiment mal jugée. Il aurait pu l'accuser d'avoir trop bon cœur ; mais lui reprocher son subconscient !

Elle ne pouvait s'empêcher de penser à l'école et à l'opération bouclier anti-postillons : elle aurait bien voulu savoir comment tout cela avait tourné.

Ses pas la conduisirent dans la rue où habitaient les grands-parents de Barbara. En face de chez eux, se trouvait un salon de thé. Thesi s'assit à la terrasse et commanda une glace framboise-citron couronnée de crème chantilly. Barbara arriva quelques minutes avant une heure, reconnaissable de loin à sa salopette vert pomme. Thesi lui fit signe de la main, en vain. Ce ne fut que lorsque Thesi cria « Barbara ! » que celle-ci regarda vers la terrasse du salon de thé. Elle s'avança lentement vers son amie et, au lieu de lui dire bonjour, elle déclara :

– Alors, comme ça, Charlie avait raison !

– A quel propos ? demanda Thesi.

– Quand il disait que tu n'étais pas vraiment malade ! Et moi, comme une imbécile, qui t'ai défendue !

Thesi lui avança une chaise.

– Je vais t'expliquer...

– Il n'y a rien à expliquer ! dit Barbara sans s'asseoir.

Thesi lui saisit le bras et tenta de la retenir, mais elle se dégagea.

– Je voulais venir, dit Thesi, mais ce matin, c'était un tel remue-ménage chez nous ! Je serais de toute façon arrivée en retard. Alors j'ai pensé...

– A d'autres ! l'interrompit Barbara, qui tourna les talons et fit mine de s'en aller.

– Tu ne veux pas une glace ? demanda Thesi en la rattrapant par la main. C'est moi qui invite.

– Premièrement, je n'ai pas le droit de manger de glace avant le déjeuner. Ma grand-mère pourrait me voir par la fenêtre. Et deuxièmement, je n'accepte pas l'invitation d'une lâcheuse. J'ai déjà rompu le serment de la classe en te parlant ! (Barbara retira sa main de celle de Thesi.) Personne ne t'adressera la parole quand tu reviendras à l'école ! Nous ne voulons rien avoir à faire avec les lâcheuses.

– Mais je ne suis pas une lâcheuse ! cria Thesi d'une voix passant de l'aigu au grave. Je n'ai trahi personne, en manquant l'école ! Vous avez quand même pu vous débrouiller sans moi. Je ne suis pas si importante...

Thesi ne put continuer.

Barbara lui dit :

– Arrête de mentir ! Tu es vraiment la dernière des dernières ! Je n'aurais jamais cru que tu serais assez sordide pour aller nous dénoncer à la Carpe ! Comme quoi, on en découvre tous les jours !

– Vous dénoncer ? Je n'ai pas fait ça ! cria Thesi.

– Tu crois que nous n'avons pas compris ton petit jeu ? Tu es absente, et comme par hasard la Carpe est absente elle aussi, alors que ça ne lui était pas arrivé depuis vingt-cinq ans ! Tu crois que nous n'avons pas fait le rapprochement !

Barbara tourna le dos, raide comme la justice. Elle traversa la rue et disparut sous le porche d'en face. Thesi baissa la tête et se mit à pleurer dans son sorbet au citron et à la framboise. Ses larmes se mêlèrent à la glace fondue. Elle resta longtemps ainsi à pleurer sur sa coupe. Quand enfin elle s'aperçut que quelques autres consommateurs la regardaient, elle paya l'addition et rentra à la maison.

De retour chez elle, en ouvrant la porte de l'appartement, elle se prit à espérer que Sophie ne serait pas là. Elle était en effet persuadée que celle-ci serait du même avis que Friederich au sujet de la séance de cirage des chaussures et prendrait pour un «alibi» ce qui n'avait été que pure obligeance de sa part!

Sophie était bien là, mais elle ne demanda pas comment s'était déroulée l'opération bouclier anti-postillons. Elle sortit de sa chambre en criant:

– Alors là, sister, il m'est arrivé une chose incroyable! Il y a à peine trois minutes, on sonne à la porte. J'ai pensé que c'était toi, que tu avais oublié tes clés! J'ai ouvert et je me suis retrouvée nez à nez avec un type aux oreilles décollées, ricanant bêtement, un cactus à la main! Il me le tend en disant qu'il s'appelle Axel, qu'il voulait me faire une surprise et que c'est pour ça qu'il n'avait pas téléphoné avant!

Thesi s'appuya contre la porte de la penderie. Elle avait les jambes en coton, toutes molles. «Je vais tomber dans les pommes», pensa-t-elle.

– Il était complètement dingue! Il voulait absolument entrer. Il a essayé de pénétrer de force. Mais bien sûr, j'ai refermé la porte. Il a encore sonné comme un malade en répétant sans arrêt qu'il était Axel, de Bierbach ou Perbach, enfin un «Bach» quelconque! Comme je ne bougeais pas, il a fini par décamper! Et cette espèce de torchon (Sophie alla vers la petite table de l'entrée, à côté de la glace, et tendit une feuille à Thesi), il l'a glissé sous la porte. Qu'est ce que t'en dis ?

Thesi prit la feuille sans rien dire. Il y avait écrit :

Pourquoi es-tu si bizarre ? J'étais tellement content de te voir ! Tu ne m'aimes plus ? Je réessaierai encore à 3 h.
Axel.

Thesi prit sa veste en jean dans la penderie et l'enfila.

– Hé, sister, tu repars ?

Sophie la regardait avec stupéfaction. Thesi ne se sentait pas à même de fournir une explication.

– Sister, tu ne te sens pas bien ? Tu es malade ? Tu as besoin de quelque chose ?

Sans mot dire, Thesi quitta l'appartement.

– Sister, sister, entendit-elle encore derrière elle. Reviens !

Thesi ne prêta pas attention aux hurlements de Sophie. Elle n'avait qu'une idée en tête : disparaître avant qu'Axel Lindner ne revienne. Il était trois heures moins quelques minutes.

8
Thesi ne sait plus quoi faire puis finit par trouver une solution.

Thesi dévala la rue en courant – comme pourchassée par les furies de la légende – étonnée de courir aussi vite avec des jambes en coton. Au carrefour, comme elle attendait en haletant que le feu passe au rouge, il lui vint à l'esprit qu'Axel Lindner n'était plus un danger pour elle. En effet, il ne savait pas à quoi elle ressemblait en vérité. «Il pourrait se trouver à côté de moi sans savoir le moins du monde que je suis sa correspondante», pensa Thesi.

Le feu passa au rouge, Thesi traversa lentement. «Il faut que j'aille me reposer quelque part», se dit-elle. Sa course endiablée l'avait complètement épuisée.

Elle alla s'asseoir sur le muret en pierre qui entourait un petit square et regarda sa montre. Trois heures et quart. Maman venait sans doute de rentrer à la maison. Et elle, pensa Thesi, ne claquerait pas la porte au nez d'Axel. Elle le prierait d'entrer et lui poserait des tas de questions. Et alors il apparaîtrait au grand jour qu'il cherchait une Thesi ressemblant étrangement à Sophie. Peut-être même qu'il montrerait la photo, celle où Sophie portait un bikini ras des fesses, et faisait un signe de la main. Celle sur laquelle était écrit : « AVEC TOUT MON AMOUR, THESI ! » Axel lui avait affirmé dans une lettre qu'il portait cette photo constamment sur lui, dans l'étui de sa carte du lycée.

Quelle angoisse ! Thesi avait mal au cœur quand elle se représentait la scène. Impossible de retourner chez des gens qui savaient « ça » d'elle, même s'il s'agissait de sa propre famille. Personne ne devait savoir « ça ». Il lui eût semblé plus facile de sillonner la ville un samedi après-midi dans la foule vêtue de ses seules chaussettes et d'un chapeau de paille que de se retrouver ainsi l'âme à nu et livrée au jugement de sa famille !

Ce n'était pas seulement ce qu'on a coutume d'appeler la « fierté » qui l'empêchait de rentrer chez elle. C'est aussi parce qu'elle pensait avoir enfreint les règles du jeu. Les choses fonctionnaient ainsi :

Quand on a de gentils parents, on doit être un enfant heureux. Et si on n'est pas heureux, on va voir ses gentils parents, on leur explique ce qui ne va pas, et les gentils parents réparent le malheur, et tout va pour le mieux dans le meilleur des mondes. Mais si un enfant avec de gentils parents n'arrive pas à être heureux, c'est que quelque chose cloche. Quelqu'un qui se fait traiter de « cas pathologique » par le fils des voisins et de « lâcheuse » par ses condisciples, quelqu'un qui n'ose pas envoyer sa propre photo, c'est quelqu'un qui triche avec les règles du jeu pour que personne ne découvre qu'il est un « raté ».

En résumé, un gentil enfant ne doit avoir d'autres

problèmes que ceux que ses gentils parents peuvent résoudre.

Mais même les parents les plus gentils du monde sont impuissants à transformer un nez trop grand et un menton trop petit. Ils ne peuvent pas, d'un coup de baguette magique, fabriquer des amis à leur gentil enfant. Et pas non plus transformer une fayotte en cancre ! Il fallait donc à tous prix leur épargner ce genre de soucis. Voilà à peu près ce qui empêchait Thesi de rentrer à la maison.

Elle était toujours assise sur le petit mur du square et arrachait une à une les feuilles d'un lilas, en observant une colonne de fourmis qui transportait des aiguilles de pin. Elle essaya de se ronger les ongles, comme elle voyait Maman le faire dans les moments critiques ; mais elle ne trouvait pas ça bon du tout. Que Maman et Sophie puissent se ronger les ongles restait pour elle un mystère.

Brusquement, le ciel se couvrit de gros nuages gris et des rafales de vent firent tournoyer la poussière et les papiers. La colonne de fourmis alla se réfugier sous les pierres.

Thesi se leva et continua sa route en direction du centre ville. Une seule chose lui trottait par la tête : « Maintenant, qu'est ce que je fais ? »... Mais impossible de trouver une réponse.

Les rafales se transformèrent bientôt en tempête en bonne et due forme. Thesi dévala la rue, poussée par le vent. Quelque part au-dessus de sa tête, une vitre se brisa dans un éclat sonore de verre. Mais le vent ne dura que quelques minutes. De grosses gouttes se mirent à tomber et une pluie torrentielle s'abattit sur la ville. Les passants se réfugièrent sous les porches ou dans les galeries marchandes. Thesi marchait toujours. Ses sandales étaient trempées. L'eau dégoulinait de ses cheveux et du bout de son nez. Sa veste en jean était à tordre et ses jambes de pantalon ressemblaient à des tuyaux de gouttière.

Elle arriva à un grand carrefour, entièrement inondé par le contenu des caniveaux des trois rues qui le formaient. On avait de l'eau jusqu'aux chevilles. Thesi contempla ce lac bouillonnant et noirâtre et entendit brusquement dans sa tête une voix profonde et rauque qui lui disait: «Alors, ma biquette, qu'est-ce que tu attends? Saute dedans, c'est marrant!»

Thesi l'avait oubliée depuis bien longtemps, cette voix profonde et rauque. Ça faisait peut-être six ans qu'elle ne l'avait plus entendue «en direct». C'était la voix d'Emma Bockskandl, sa grand-mère paternelle. Et ce «saute dedans, c'est marrant» était le seul souvenir que Thesi avait gardé d'elle. Elle ne se rappelait même plus si elle avait à l'époque effectivement sauté dans l'immense flaque d'eau, ou si elle avait renoncé à ce plaisir. Elle ne se souvenait que de son immense étonnement d'entendre un adulte lui conseiller d'aller patauger dans la flotte. Les autres choses que Thesi savait d'Emma Bockskandl, elle les avait apprises par l'intermédiaire de Maman. Papa ne parlait jamais de sa mère.

Il était fâché avec elle depuis dix ans et ne lui envoyait même pas de carte pour Noël ou pour son anniversaire. Thesi n'avait pas compris exactement pourquoi, bien que sa mère le lui eût expliqué souvent. Tout ce qu'elle avait retenu, c'est qu'il s'agissait d'argent. Papa soutenait qu'une grosse somme devait lui revenir en héritage, alors qu'Emma Bockskandl pensait que cet argent lui appartenait aussi longtemps qu'elle vivrait. Elle avait investi dans des affaires que Papa jugeait douteuses, et avait aussi offert beaucoup d'argent à quelqu'un, à un ami, disait Maman, mais avec un accent qui laissait entendre que cet ami était plutôt son petit ami. Selon Papa, une «mère normale» n'aurait jamais fait ça et il n'y avait qu'une «folle» pour agir ainsi.

A son avis, il fallait retirer la gestion d'une telle fortune à une folle. Il avait engagé une procédure de mise en tutelle contre sa mère, mais sans succès. Les experts avaient tranché: Emma Bockskandl n'était pas folle. En tout état de cause, la mère et le fils ne se parlaient plus.

Une fois, Thesi avait demandé à Maman: «Finalement, elle est folle ou pas?»

Maman était restée évasive, se contentant d'expliquer que la mère de Papa «jetait l'argent par les fenêtres» et qu'une bonne mère devait d'abord penser à son fils, avant de faire des cadeaux à des «étrangers». «Nous pourrions être des gens vraiment riches, avec tout cet argent», avait-elle ajouté.

Thesi était donc au carrefour, les yeux toujours fixés sur le lac, bien que le feu fût passé au rouge depuis longtemps. Il repassa au vert. Thesi restait là, perdue dans ses pensées. Les voitures l'éclaboussaient et son pantalon était couvert de boue. Thesi toucha le premier bouton de sa veste en jean et murmura: «J'y vais ?» Elle toucha le deuxième et murmura: «J'y vais pas ?» puis le bouton suivant: «J'y vais ?» Le dernier bouton manquait et Thesi s'en réjouit fort. Elle traversa le carrefour et se dirigea en pataugeant vers une cabine téléphonique.

L'annuaire était en piteux état. Il avait des pages arrachées, mais celles où se trouvaient les Bockskandl étaient encore là et pas trop déchirées. Elle trouva Emma Bockskandl, coincée entre une Adam (Erika) et une Frieda (sage-femme).

Thesi sortit une pièce d'un schilling de la poche de son pantalon détrempé, la mit dans la fente et composa le numéro. Dès la troisième sonnerie, une voix profonde et rauque se fit entendre: «Emma Bockskandl, j'écoute».

Thesi sentit son cœur battre. Elle n'arrivait plus à parler. Elle dut se racler la gorge avant de pouvoir prononcer d'une toute petite voix: «C'est Thesi!»

– Qui c'est ça, Thesi ?

La voix profonde et rauque allongeait les «e» à l'infini.

– Tu es ma grand-mère, dit Thesi.

Quelques moments de silence, puis la voix dit:

– Ah, tu veux dire Maria-Theresia! Quand tu étais petite, on t'appelait la biquette.

Puis de nouveau le silence.

– Je voudrais venir chez toi, dit Thesi d'une voix si

basse qu'Emma Bockskandl ne comprit pas ce qu'elle disait.

– Tu ne pourrais pas parler un peu plus fort ?

– Je voudrais bien venir chez toi, répéta Thesi d'une voix à peu près audible.

– D'accord, répondit Emma Bockskandl. Quand veux-tu venir ?

– Tout de suite, dit Thesi.

– Tu es dans les environs ?

– Je ne sais pas où je suis.

Les battements de cœur de Thesi avaient disparu et sa voix était de nouveau tout à fait normale.

– J'ai couru sans faire attention, je suis dans une cabine téléphonique, mais je ne vois rien parce que les vitres sont couvertes de pluie.

– Eh bien, ouvre la porte et regarde dehors, conseilla Emma Bockskandl.

Thesi ouvrit la porte de la cabine et regarda autour d'elle. Derrière un épais rideau de pluie, elle aperçut des maisons grises, mais aucun nom de rue.

– Je ne sais pas où je suis, cria-t-elle dans l'écouteur. Je ne suis jamais venue dans ce quartier.

– Il n'y a pas une station de taxi quelque part ? demanda Emma.

Thesi regarda de nouveau par la porte ouverte.

– Là-bas, peut-être, cria-t-elle, il y a quelques autos au coin de la rue avec de petites lumières sur le toit. Ça pourrait être des taxis !

– Ah, tant mieux ! Eh bien vas-y, et fais-toi conduire

chez moi. C'est moi qui payerai ! Mon adresse est le...
Emma Bockskandl ne put en dire plus. L'écouteur fit « clic ». Thesi avait oublié de remettre des pièces.

Elle raccrocha, regarda encore dans l'annuaire, murmura trois fois « 9, rue Ferro », quitta la cabine et se dirigea vers les taxis.

Thesi n'avait encore jamais pris de taxi toute seule. Concentrée, elle surveillait le compteur en fouillant ses poches pour rassembler son argent. Elle voulait payer la course elle-même. Il lui restait cent dix schillings et soixante pfennigs. Elle commença à s'agiter quand le compteur indiqua cent schillings.

– C'est encore loin, s'il vous plaît ? demanda-t-elle au chauffeur.

– C'est juste au coin de la rue, répondit-il.

Thesi se sentit soulagée. Certes, Emma Bockskandl avait dit qu'elle payerait le taxi, mais Thesi s'imaginait mal disant au chauffeur : « Attendez un moment, s'il vous plaît, je vais chercher ma grand-mère. » Elle trouvait ça trop bête. En plus, elle ne connaissait pas l'immeuble où habitait sa grand-mère. Il y avait peut-être cinq étages sans ascenseur et peut-être Emma habitait-elle au cinquième sans nom sur la porte. Il faudrait que Thesi demande un peu partout. Ça prendrait du temps et le chauffeur de taxi s'impatienterait et s'imaginerait avoir affaire à une voleuse cherchant à lui escroquer le prix de la course. (Thesi avait souvent des pensées bizarres.)

Avec son « c'est juste au coin de la rue », le chauffeur

de taxi s'était franchement trompé, parce qu'ils tombèrent sur une déviation. Ils durent alors tourner une bonne douzaine de fois avant d'arriver dans la rue Ferro, devant le n⁰ 9. Le taximètre indiquait cent trente schillings, mais Thesi s'était fait du souci pour rien. Une dame se tenait devant le portail, sous un parapluie. Elle s'avança, ouvrit la porte du taxi, demanda : « Ça fait combien ? », tendit de l'argent au chauffeur en disant : « Gardez la monnaie », et aida Thesi à descendre de voiture. Thesi regarda la vieille dame avec des yeux ronds : elle avait le même nez, le même menton et les mêmes yeux qu'elle !

– Salut ma biquette, dit la vieille dame en l'abritant avec le parapluie.

– Salut grand-mère, dit Thesi.

– C'est chouette que tu sois là, dit Emma Bockskandl en poussant Thesi vers le portail. Rentre vite ou tu vas attraper une congestion pulmonaire ! Tu es trempée jusqu'aux os !

Thesi avança en trébuchant sur le gravier.

– Je n'ai pas froid, dit-elle.

L'« immeuble » d'Emma Bockskandl était une maison particulière assez spacieuse. La porte d'entrée s'ouvrait sur un immense vestibule rempli de très vieux meubles. Une table gigantesque trônait au milieu de la pièce principale. Cinq chats étaient allongés dessus et regardaient Thesi avec curiosité : un chat noir, un roux, un tacheté gris et blanc et deux chats tigrés.

– Tu as cinq chats, dit Thesi avec étonnement.

– Non, dit Emma Bockskandl avec agacement. Je n'en ai pas un seul. Ils sont là en visite. Ils entrent par la fenêtre ouverte et s'installent tranquillement ici. Il faut les nourrir deux fois par jour et ces messieurs exigent aussi leur dose de caresses !

Thesi se mit à rire.

– Alors, en fait, tu as cinq chats !

– Non, dit Emma Bockskandl d'un air buté. Je refuse catégoriquement d'entretenir des bestioles. S'il ne tenait qu'à moi, il n'en viendrait pas un. C'est idiot de nourrir cinq chats, quand on pense que toutes les deux minutes un enfant meurt de faim sur Terre !

Thesi s'approcha de la table et regarda les chats. Ils étaient plutôt prospères. Elle gratta le roux entre les oreilles et il se mit à ronronner.

– Tu caresseras les chats plus tard, dit Emma Bockskandl. Pour l'instant, tu vas te déshabiller et prendre une douche chaude. Je vais te chercher des vêtements secs. La salle de bains est là !

Elle indiqua une porte étroite. Thesi acquiesça, abandonna docilement le chat roux et se dirigea vers la porte.

– Je vais te préparer aussi de quoi manger, veux-tu ?

Thesi fit oui de la tête.

– Salé ou sucré ?

– Plutôt salé, dit Thesi.

– Tu as parfaitement raison !

Grand-mère sourit, puis traversa le vestibule en direction de la cuisine. Les cinq chats se levèrent d'un bond et filèrent à sa suite, la queue en l'air, mais Emma Bockskandl disparut derrière une porte vitrée en la leur fermant au nez. Ils miaulèrent comme des fous, en griffant la porte. Thesi entendit Emma gronder : « Du calme, bande d'abrutis ! C'est la crise cardiaque qui vous guette si vous continuez à vous goinfrer ! Sortez dans le jardin et occupez-vous donc des souris ! » Mais elle finit par entrebâiller la porte et les cinq chats se précipitèrent dans la cuisine. Thesi entendit Emma leur dire : « Aujourd'hui, il y a des tripes avec du foie ! Ça vous va, messieurs ? »

Thesi se mit à rire et alla à la salle de bains.

9

Où Thesi n'apparaît pas mais fait les frais de la conversation.

Après que Thesi eut fui l'appartement, Sophie retourna dans sa chambre à son vocabulaire latin qu'elle se mit à réciter bravement. Mais toutes les deux minutes, sa sœur et son comportement bizarre lui revenaient à l'esprit. « Impossible de se concentrer dans ces conditions ! » Elle referma son cahier, alla au téléphone et appela les voisins.

– Ici le contrôleur des postes Dupont-de-la-lettre-recommandée senior, dit Friederich en décrochant.

– Ici le chef de gare Durand-de-la-voie-ferrée junior, dit Sophie, habituée aux blagues de Friederich.

– La très chère madame le chef de gare aurait-elle une fois de plus égaré dans le bidet deux des sacs postaux que je lui ai adressés ? demanda Friederich.

– Laisse tomber, vieux, dit Sophie, j'aimerais bien savoir si tu sais ce qu'il arrive à ma sœur. Elle était si bizarre. Elle est ressortie trente secondes après être rentrée à la maison et elle avait le visage blanc comme de la craie. Impossible de lui dire quoi que ce soit. Elle était dans un autre monde ! C'était à vous filer la chair de poule.

– J'arrive, dit Friederich.

Lorsque Sophie ouvrit la porte, il était déjà sur le paillasson, l'air préoccupé.

– On va à la cuisine ? dit Sophie.

C'était la pièce préférée de Friederich. Mais cette fois, il n'avait apparemment pas envie d'un en-cas. Il fila droit dans la chambre de Sophie et s'allongea sur le lit.

– Où donc a pu aller notre baby ? demanda-t-il. En as-tu la moindre idée ? Et d'où venait-elle ?

Sophie haussa les épaules.

– Je n'en sais rien. En tout cas, elle avait l'air bizarre en arrivant. Et puis après, quand je lui ai raconté l'histoire avec le dingue...

Sophie décrivit en quelques mots à Friederich ce qui lui était arrivé à midi. Friederich écoutait bouche bée.

Au bout du récit, il respira profondément puis demanda :

– Comment s'appelait-il, ton cinglé ?

– Axel. Pourquoi ? Ça n'a aucune importance !

La voix de Sophie était pleine d'impatience. Le nom de ce fou était vraiment le dernier de ses soucis.

– Parce que figure-toi que Thesi lui écrit une lettre toutes les semaines, dit Friederich. Le mercredi, je crois. Et que, tous les mardis, elle reçoit une réponse. On appelle ça des relations épistolaires. J'ai déjà vu une enveloppe au nom de ce type sur son bureau, avec des petits cœurs rouges au dos.

– Alors il n'est pas fou ? Il m'a simplement confondue avec ma sœur ?

Sophie porta son index à la bouche et se mit à se

ronger l'ongle consciencieusement.

– Je suis vraiment désolée de ne pas l'avoir fait entrer. Mais ce n'est pas une raison pour s'énerver comme ça ! Il a dit qu'il reviendrait, et je l'ai dit à Thesi ! Pourquoi est-elle partie s'il doit revenir ? Tu crois qu'elle ne veut pas le voir ?

Friederich se redressa, se fourra le doigt dans le nez et en retira une petite chose grise qu'il examina avec attention, puis demanda :

– Dis-moi, ce type a-t-il cru tout de suite que tu étais Thesi ?

Sophie fit oui de la tête.

– Et il en était sûr et certain ? N'a-t-il pas demandé qui tu étais ? Même en voyant que tu ne le reconnaissais pas ?

Sophie fit de nouveau oui de la tête. Friederich s'assit sur le bord du lit.

– D'habitude, on lui envoie une photo, à son correspondant. Est-ce que je me trompe ?

– D'habitude, oui, dit Sophie, mais apparemment, Thesi ne l'a pas fait. Et ça ne m'étonne pas vraiment. Je crois qu'elle ne s'aime pas en photo.

– Ne t'es-tu pas plainte récemment que de nombreuses photos de toi avaient disparu de manière inexplicable ? demanda Friederich.

Sophie ôta son index de la bouche.

– Enfer et damnation, murmura-t-elle. Ce n'est pas possible, ce serait de la folie pure...

– Ce n'est qu'une hypothèse, dit Friederich. Mais ça

expliquerait la disparition des photos !

– Qu'est ce qui aurait bien pu lui donner une idée aussi folle ? dit Sophie en secouant la tête.

– Ne pose pas de questions stupides, dit Friederich. Regarde la tête qu'elle a, et regarde-toi ensuite dans la glace. Tu comprendras.

– Mais elle n'est pas idiote s'écria Sophie. Elle doit bien se douter qu'un jour ou l'autre on finit toujours par découvrir le pot aux roses !

– Pas forcément, dit Friederich en se levant et en allant à la fenêtre regarder dans la rue. Un correspondant n'est pas censé vous rendre visite. Et je ne pense pas que tu puisses ressentir jamais ce que ressent quelqu'un de laid !

– Elle n'est pas vraiment laide, cria Sophie.

– Si, dit Friederich.

– Ne sois pas méchant ! Je croyais que tu l'aimais bien, ma sister !

– Bien sûr, que je l'aime. Je l'aime même énormément. Mais je ne suis pas aveugle, Mme le chef de gare ! Je sais aussi que Thesi est une fayotte. Il faut savoir faire la part des choses, dit Friederich avec un bref ricanement. Je l'aime les yeux ouverts, et je vais te dire autre chose : le soupirant épistolaire et cette histoire de photos ne sont pas son seul problème en ce moment. Elle est dans la merde jusqu'au cou, à cause de la Carpe !

– Comment ça ? L'opération bouclier anti-postillons n'a pas eu lieu, je crois ? La Carpe était malade aujourd'hui. Nous aurions dû l'avoir en deuxième heure... (Sophie le regarda, pleine d'espoir.)... Ou bien la Carpe serait-elle entrée à l'hôpital après la première heure ? L'ont-ils achevée à ce point ?

Friederich secoua la tête et expliqua que, d'après ses informations téléphoniques, la Carpe était effectivement malade, raison pour laquelle l'opération bouclier anti-postillons n'avait pu avoir lieu.

– Pendant la récréation de dix heures, j'ai eu un coup de fil de Charlie tout énervé qui m'a expliqué qu'il venait d'appeler chez vous et que personne n'avait décroché, ce qui prouvait de manière incontestable que Thesi n'était pas malade pour de vrai.

– Et alors ? s'écria Sophie. Je n'y comprends rien ! En quoi cela regarde-t-il Charlie que Thesi sèche les cours ? Et pourquoi est-elle dans la merde jusqu'au cou ? Il peut parler Charlie, lui qui sèche régulièrement une fois par semaine.

D'après Charlie, Thesi n'avait pas osé venir à l'école parce qu'elle avait rapporté toute l'affaire à la Carpe. Et tous les élèves de la classe étaient de son avis.

– Alors là, c'est complètement idiot ! dit Sophie en se passant les mains dans les cheveux. Ma sister ne ferait jamais une chose pareille. Elle est peut-être fayotte, mais pas cafteuse !

– Ce n'est pas le problème pour le moment, dit Friederich. Le problème, c'est que Charlie en est persuadé, et que tous les autres croient ce qu'il leur dit. J'ai voulu le détromper et je lui ai raconté ce qui s'est vraiment passé, et pourquoi Thesi n'est pas allée à l'école…

– A propos, pourquoi n'y est-elle pas allée ?

Friederich raconta ce que Thesi lui avait dit.

– Si j'étais Charlie, soupira Sophie, je ne croirais pas un mot de tout ça. Vraiment pas ! C'est absurde. Personne ne rate un cours parce qu'il doit cirer des chaussures ! Et toi, pourquoi ne lui as-tu pas raconté qu'elle était effectivement au lit et trop malade pour répondre au téléphone ?

– Parce que je suis un idiot, cria Friederich en se tirant une deuxième chose grise du nez. J'ai cru qu'il valait mieux dire la vérité !

Sophie regarda sa montre. Il était trois heures passées depuis longtemps.

– Et qu'est-ce que je fais si le type revient ? demanda-t-elle. Crois-tu qu'il vaille mieux dire la vérité, là aussi ? Ou dois-je me faire passer pour la sœur jumelle de Thesi ? Ou encore lui dire que je suis bien Thesi mais que voilà, tous les après-midi, je perds momentanément la mémoire ?

Friederich haussa les épaules.

– Il faut que tu restes avec moi, vieux, lui dit Sophie d'un air suppliant. Toute seule je ne m'en sortirai pas. Reste !

Friederich resta avec Sophie. En fait, non pas à cause d'Axel Lindner (qui ne se montra pas) mais à cause de Maman. Celle-ci arriva peu avant quatre heures, trempée et de mauvais poil. Elle commença par râler au sujet de la table du petit déjeuner toujours pas débarrassée, des portes du placard de l'entrée grandes ouvertes, des brosses à chaussures étalées sur le sol, de la salle de bains transformée en « champ de bataille » et la salle à manger en une « vraie porcherie ».

– Si je comprends bien, personne à part moi dans cette maison n'accepte de lever le petit doigt ! hurla Maman. Je voudrais prendre un bain chaud, mais la baignoire est noire de crasse. Je voudrais me faire une bonne tasse de café, mais il ne reste nulle part où poser ma tasse ! Je voudrais m'allonger cinq minutes sur le canapé, mais il croule sous les disques et les journaux ! J'en ai assez ! J'en ai vraiment assez !

Friederich essaya de la calmer. Il dit :

– Ne vous inquiétez pas ! Je rangerai avec Sophie tout à l'heure, mais pour l'instant, nous avons un gros problème !

Il fut plutôt mal reçu : « Mais oui, mais oui, vous avez un gros problème. Le moindre pet de travers est un problème pour vous ! Mais que *moi* j'aie des problèmes à cause de vous, ça vous est complètement égal ! On pourrait crever à vos pieds, vous ne le remarqueriez même pas !

– Oh, ça va, oublie un peu le foutoir et écoute-moi, s'il te plaît ! cria Sophie. Il s'agit de sister, et c'est vraiment important !

Alors Maman s'assit et écouta. Quand Sophie et Friederich lui eurent exposé la situation, elle avait oublié les tasses sales et le désordre. Elle se rongeait les ongles en murmurant : « Pauvre biquette, pauvre biquette ! Qu'allons-nous faire? » Puis elle ajouta : « Où peut-elle être ? Il tombe des cordes, dehors ! »

– Téléphone à Papa, proposa Sophie.

Au début, Maman s'y refusa. Il ne leur serait d'aucune aide. Il ne s'y connaissait absolument pas dans ce genre de problème.

– Nous non plus, nous ne savons pas quoi faire, dit Sophie. Tu peux toujours essayer !

– Ça c'est sûr, on n'a rien à perdre, murmura Maman et elle alla au téléphone.

Papa était en réunion. Sa secrétaire expliqua qu'elle ne pouvait pas le déranger. Mais Maman insista tellement qu'elle finit par aller le chercher. Papa n'en parut pas particulièrement ravi.

– Il y a le feu ? demanda-t-il d'un ton peu aimable.

Maman essaya de lui exposer le problème en quelques mots et de façon aussi claire que possible, mais il ne comprenait rien.

– A qui Sophie a-t-elle envoyé une photo ? demanda-t-il. Puis : Pourquoi la Carpe prend-elle Thesi pour un traître ?

Maman dut lui réexpliquer trois fois le problème. Ayant enfin compris, il dit avec amertume :

– Et c'est pour ça que vous vous affolez, les femmes ? C'est pour ça que vous sonnez le branle-bas ? Vous avez un problème hormonal ou quoi ? C'est pour de telles bêtises que vous me dérangez au milieu d'une réunion importante ? Tout ça parce que notre biquette quitte la maison quelques heures sans rien dire et qu'il pleut dehors ? Elle n'est pas en sucre, que je sache ! Elle est certainement chez une amie, à bavarder tranquillement, sans se douter un instant que vous vous mettez dans de tels états !

– Elle n'a pas d'amie, dit Maman.

– Eh bien, elle est chez « un » ami, s'écria Papa.

Puis il ajouta qu'il devait retourner à sa réunion et qu'il pariait à dix contre un que la biquette serait bientôt de retour. Il n'y avait pas là de quoi fouetter un chat.

Papa aurait perdu son pari. Lorsqu'il rentra le soir, Thesi n'avait toujours pas réapparu. Mais ça ne l'inquiéta pas outre mesure. Il traita Maman et Sophie de « femelles hystériques », affirmant qu'elles avaient le don de faire une montagne de peu de chose. « Que s'est-il passé en fait ? Si je comprends vos jérémiades, une bande de jeunes abrutis accuse ma fille de trahison dans une affaire tout à fait bénigne. Et elle a envoyé quelques photos de Sophie à une espèce de paysan ! Ce n'est pas la fin du monde ! »

Maman traita Papa d'être superficiel, insensible, têtu et ignorant. De plus, elle affirma qu'il était la cause de tout. S'il s'était fait lui-même son petit déjeuner et s'il avait nettoyé lui-même ses godasses, Thesi serait allée en classe comme prévu et personne ne l'aurait prise pour un traître. Elle aurait été enfin acceptée par les autres et ça lui aurait donné « une décharge psychique » qui l'aurait aidée à mieux supporter l'histoire avec Axel Lindner !

– Bon, bon, d'accord ! cria Papa. De toute façon, c'est toujours ma faute ! C'est évident ! Tout ça parce qu'elle a hérité de mon nez ! Les gens comme moi ne devraient pas avoir de descendance ! On n'a pas le droit d'offrir de tels nez en héritage ! Mais tu aurais peut-être dû y penser avant notre mariage !

Papa se laissa tomber sur le canapé, en plein sur les disques.

– A présent, que faire ? soupira-t-il en regardant Maman avec amertume.

– Tu pourrais aller à la cuisine et ranger un peu, répondit-elle.

Papa se leva sans protester et marcha vers la cuisine. Sophie saisit les disques sur lesquels il s'était assis et fit l'inventaire des dégâts en murmurant : « Non, je rêve ! Il va vraiment nettoyer la merde ? »

– Il n'est pas aussi têtu qu'il en a l'air, dit Maman en désignant du pouce la porte de la cuisine. Mais il ne veut jamais reconnaître qu'il a tort. C'est sa façon à lui de se racheter !

– C'est bien compliqué tout ça ! dit Sophie. (Elle regardait un disque avec effarement. Il était gondolé comme le bord d'un vieux chapeau.) Mais une cuisine bien rangée n'avance pas nos affaires.

– Nous ne pouvons qu'attendre, dit Maman.

– Quand Thesi sera de retour (Sophie essayait d'aplatir le disque gondolé), qu'est-ce que tu feras ?

– Aucune idée, mon trésor, dit Maman. Tu m'en demandes trop. Pour le moment, je me contente d'espérer qu'elle reviendra !

Impossible de redresser le disque. Plus Sophie essayait, plus il se tordait.

– Remets-le dans sa pochette et place-le sous une pile de gros bouquins, conseilla Maman.

Sophie saisit le disque à deux mains, le tordit et le cassa.

– Tu perds la tête, mon trésor, dit Maman.

– J'en ai tellement marre, dit Sophie.

– Marre de quoi ? demanda Maman.

– De la vie, dit Sophie, et elle jeta les morceaux du disque dans la corbeille à papier. Les choses sont parfois tellement injustes !

10
Thesi passe quelques heures agréables, mais qui ne sont pas du goût de tout le monde.

Pendant que Sophie laissait exploser sa colère contre «cette chienne de vie» et cassait son 33-tours préféré, Thesi se prélassait dans le fauteuil à bascule d'Emma Bockskandl, enveloppée dans une robe de chambre à fleurs. Elle caressait les deux chats tigrés installés sur ses genoux en écoutant sa grand-mère qui lui racontait des histoires «entrecroisées». C'est-à-dire qu'elle n'arrivait jamais au bout d'une histoire et se mettait toujours à en raconter une autre au beau milieu. Cela donnait une sorte de salade composée où se mélangeaient allègrement son dernier voyage à Venise, l'histoire de ses deux amies et de leurs problèmes avec trois chiens de race, celles de ses rhumatismes dans la jambe gauche, de sa toiture percée, de ses difficultés avec sa femme de ménage et de son asthme. Thesi goûtait assez ce cocktail. Elle aurait voulu que Grand-mère ne cessât jamais de parler. Aussi longtemps qu'elle discourrait ainsi, Thesi pourrait se contenter d'écouter et d'approuver de la tête, sans avoir besoin d'aborder les autres sujets. Elle se serait crue dans un rêve agréable, paisible et un peu ennuyeux. La réalité était loin. L'accès chez Grand-mère était interdit aux nez trop grands, aux correspondants, aux photos de

Sophie, aux boucliers anti-postillons et aux vilains Charlie et Bigi.

Le seul ennui, c'est que les rêves, même agréables et paisibles, ont une fin.

Celui de Thesi cessa lorsque Emma Bockskandl en eut fini d'expliquer quelles tuiles iraient le mieux sur son toit et respira profondément en disant: «Bon, j'ai assez bavardé! Je vais nous chercher une petite bouteille de champagne et un peu de caviar, et tu me raconteras pourquoi tu es venue me voir et quel est ton problème.»

Thesi essaya de protester, d'expliquer qu'elle ne buvait pas d'alcool, qu'elle avait assez mangé comme ça, qu'elle n'avait aucun problème et qu'elle était venue «simplement pour le plaisir». Mais Emma Bockskandl était déjà à la cuisine.

Les deux chats sautèrent des genoux de Thesi et filèrent derrière elle.

Thesi entendit sa grand-mère gronder: «Abrutis! Allez, allez, du balai! Vous ne croyez quand même pas que je vais vous donner à manger chaque fois que je viens ici!»

Thesi examina de plus près la salle de séjour. Il s'y trouvait quelques meubles que Maman aurait sans doute salués d'un cri d'admiration. Ce doit être du style 1900, pensa-t-elle. Ou alors du style Art déco? Et le fauteuil, là dans le coin, celui en cuir avec l'armature en acier, c'est sans aucun doute un Le Corbusier! Thesi s'y connaissait. Sa mère raffolait des meubles anciens. Thesi l'avait souvent accompagnée dans sa tournée des antiquaires et sa mère lui avait montré tout ce qu'elle achèterait si elle avait eu beaucoup, beaucoup d'argent.

Thesi pensa : « Maman ne doit pas avoir entièrement raison. Grand-mère n'a pas dépensé tout son argent. Ce qui est entassé ici sur quarante mètres carrés a plus de valeur que tout le magasin de Gurmann. » (Gurmann était l'antiquaire chez qui la mère de Thesi achetait parfois une babiole.)

Thesi se leva et alla examiner la chaise Le Corbusier. Oui, elle était ancienne ! C'était un original et non une vulgaire copie. Thesi s'assit dessus. Cette rareté, constata-t-elle, n'était pas plus confortable qu'un fauteuil à bas prix.

Emma Bockskandl revint avec un plateau chargé de deux flûtes, d'une bouteille débouchée, d'une assiette avec du beurre et des toasts et de deux minuscules coupelles remplies de grains gris foncé, gros comme des têtes d'épingle.

– Tu veux rester ici ou qu'on aille à la salle à manger ? demanda Grand-mère.

Thesi ne voulait pas aller dans la salle à manger. Et puis les petites boules gris foncé l'effrayaient un peu.

Grand-mère posa le plateau sur une petite table qu'elle poussa vers Thesi. Elle remplit les flûtes de champagne, en tendit une à sa petite-fille et dit : « A ta santé ! » Thesi trempa les lèvres dans le champagne. « Ça a un goût de limonade éventée », pensa-t-elle.

Grand-mère avança son fauteuil à bascule près de la petite table et s'assit dedans.

– Sers-toi ! dit-elle en poussant une des coupelles vers Thesi.

– C'est des œufs d'esturgeon ? demanda Thesi.

– Oui, et les meilleurs du monde, dit Grand-mère.

Elle étala une cuillerée de caviar sur un toast. Thesi l'imita mais ne mordit pas dans le pain. Elle le reposa discrètement sur le plateau.

– Tu t'es fait engueuler chez toi ? demanda Grand-mère.

– Je ne me fais jamais engueuler ! dit Thesi.

– Tu as de mauvais résultats scolaires. demanda Grand-mère.

– Je suis la première de la classe, dit Thesi.

– Aurais-tu alors un chagrin d'amour ? dit Grand-mère qui se pencha en avant et regarda Thesi, l'air intéressé.

– Je suis trop jeune pour ça, dit celle-ci.

Grand-mère s'adossa à son siège, grignota un bout de son toast et s'essuya la bouche avec le revers de la main.

– En somme, tu es un enfant modèle, constata-t-elle avant de boire une longue gorgée. Pardonne-moi ma question, reprit-elle. Comment t'en sors-tu, avec le visage que tu as ?

Thesi ne répondit pas.

– Ne crois pas que ce soit un manque de tact de ma part, dit Grand-mère après avoir bu une autre longue gorgée. C'est, disons, une question de nez ! (Elle tapota le bout de son nez avec sa flûte à champagne.) A mon âge, un pif pareil n'a plus guère d'importance. Mais quand j'étais jeune... (un soupir) je voulais à tout prix devenir actrice! Et puis... (un autre soupir) si je me rappelle bien, j'ai voulu quatre fois me suicider à cause de ce pif. La dernière fois, j'avais déjà un certain âge. J'avais ton père. C'était le jour où ce satané chirurgien m'a expliqué qu'on ne pourrait pas transformer ce pif en nez en trompette. (Grand-mère vida son verre.) Cette opération esthétique avait toujours été mon grand espoir. Mais jusque-là, je n'avais jamais eu l'argent nécessaire. C'était encore horriblement cher! Et puis, quand ton grand-père a commencé à s'enrichir, je l'ai supplié de m'offrir un nez tout neuf. (Grand-mère se mit à rire.) Il n'était pas d'accord. Oh, pas à cause de l'argent, il n'a jamais été avare. Mais il me disait qu'il s'était habitué à mon nez. «Je ne veux pas d'une autre femme.» (Grand-mère se versa du champagne.) De plus, il affirmait qu'un nez en trompette n'irait pas du tout avec mes yeux et mon menton. Ça aurait détruit l'harmonie de mon visage, selon lui. (Grand-mère leva son verre et regarda les bulles qui venaient éclater à la surface.) Il ne disait pas ça pour me consoler. Il le croyait vraiment, ce drôle de bonhomme. Sais-tu comment il m'appelait? Il m'appelait son joli corbeau noir!

– On m'appelle le Tamanoir, dit Thesi.

– Qui t'appelle comme ça? demanda Grand-mère en reposant sa flûte sur la table. Tes parents?

– Non, à l'école! avoua Thesi. Et ils ne disent pas ça gentiment!

Alors, tout alla très vite. On se comprend «d'un nez à

l'autre». Thesi raconta à Emma Bockskandl l'histoire de la Carpe et du bouclier anti-postillons, de son correspondant Axel et des photos de sa sœur, de Charlie et Bigi qui la prenaient pour un traître. Elle parla même des miroirs de la salle de bains et du truc qu'elle avait inventé pour ne plus se voir dedans, et de ses rêves d'opération esthétique. Ce fut une vraie salade, un mélange comme les histoires de Grand-mère. Mais Emma Bockskandl semblait s'y retrouver parfaitement. En tout cas, elle ne posa pas une seule question, et fit sans arrêt oui de la tête.

– Alors j'ai filé, termina Thesi, et quand il a commencé à pleuvoir et que je me suis retrouvée complètement trempée, je n'ai plus su où aller. A un carrefour, j'ai brusquement pensé à toi. Et voilà!

– Eh bien, je bois à ton chagrin! dit Grand-mère qui vida le reste de la bouteille dans son verre. Parce que sans lui, je ne t'aurais plus revue avant mon enterrement. A la tienne, mon corbeau noir!

Thesi leva son verre et but du bout des lèvres. Grand-mère vida le sien d'un trait.

– En fait, dit-elle, ça se voyait déjà quand tu étais toute petite, que tu allais avoir mon nez. A l'époque, je me suis souvent demandé comment je pourrais t'épargner le chagrin qu'il allait te procurer. Hélas! je n'ai rien trouvé. Il y a des choses comme ça, dans la vie, contre lesquelles on ne peut rien. Et je ne vois pas non plus ce que je peux faire pour toi maintenant, continua Grand-mère. L'être humain manque terriblement d'imagination. Je suppose que tu n'as pas besoin de phrases toutes faites. Ma mère essayait toujours de me convaincre qu'être bossu ou avoir une jambe en moins était un sort pire que le mien.

– La mienne veut toujours m'embellir, soupira Thesi.

– Ah ! tu vois, il y a quand même un progrès ! dit Grand-mère. Ce n'est pas une mauvaise idée. Pourquoi es-tu contre ?

– Parce que ça ne sert à rien !

– Comment cela, ça ne sert à rien ! (Grand-mère saisit la bouteille de champagne, mais s'aperçut qu'elle était vide, à son désappointement.) Je sais par expérience qu'un corbeau noir se sent déjà plus à l'aise dans un manteau de vison et une robe faite sur mesure. Crois-moi, c'est stupide de dire qu'on ne peut rien changer ! Ta mère a raison d'essayer de t'arranger.

– Je n'aime pas ça. Je deviens folle quand elle arrive avec ses conseils !

– C'est ton droit, mon corbeau noir, dit Grand-mère en faisant main basse sur le toast que Thesi avait mis de côté. Chacun sait ce qui lui convient. Mais à ta place, j'essaierais au moins d'aller dans une autre école. Un nouveau départ produit parfois des miracles.

– Mais ça me fait peur, un nouveau départ, dit Thesi.

– Ça aussi, c'est ton droit, mon corbeau noir, dit Grand-mère en avalant le dernier toast au caviar.

Thesi et Emma Bockskandl restèrent longtemps ainsi à bavarder. Emma alla chercher une autre bouteille de champagne, une grande cette fois, et la vida. Elles ne parlèrent pas uniquement de grands nez, de mentons fuyants, d'yeux de souris et de méchants camarades de classe. Elles abordèrent d'autres sujets. Mais à aucun moment elles n'évoquèrent la brouille familiale. Thesi trouvait le cas gênant et quelque peu anormal. Etre fâchée avec son fils unique, cela devait causer bien du chagrin à Grand-mère ! Elle devait en souffrir terriblement !

Peut-être cela l'aurait-il intéressée de savoir si son fils allait bien ? Après tout, si une conversation « de nez à nez » était possible, une discussion « de grand-mère à petite-fille » devait l'être aussi. Mais Thesi ne savait pas comment la mettre sur le tapis.

Ce n'est qu'après qu'Emma Bockskandl eut regardé sa montre et dit : « Mon corbeau noir, il est tard maintenant », que Thesi parvint à se faire violence et demanda bravement :

– Veux-tu que je te parle de Papa avant de partir ?

– Que pourrais-tu bien avoir à me raconter à son sujet ? demanda Grand-mère.

Thesi avait peut-être abusé du champagne, car elle ricana et dit :

– Qu'il a notre nez, lui aussi ! Et que c'est un corbeau noir comme nous !

– Ce n'est pas un corbeau, c'est un vautour, dit Grand-mère, et Thesi surprit dans sa voix un accent terriblement méchant et même venimeux. Parfaitement, un vautour ! Un vulgaire vautour ! Le nez ne fait pas le corbeau !

Thesi ne put s'empêcher de penser que Grand-mère était un peu éméchée.

– Et il peut s'estimer heureux, murmura Grand-mère, que je le traite de vautour et non de putois! Mais enfin... (sa voix redevint amicale) tu as parfaitement le droit de le considérer, toi, comme un corbeau noir. Bon, maintenant, je vais t'appeler un taxi, mais avant, tu dois me promettre que tu reviendras me voir!

Thesi promit. Elle reviendrait dimanche, c'est-à-dire après-demain. A midi pile. Grand-mère s'engagea à préparer un «super-repas» à cinq services.

Thesi alla chercher ses habits dans la salle de bains, mais ils étaient toujours aussi trempés. Grand-mère ne pouvait pas lui fournir de pantalon, par contre, elle avait des pull-overs, des jupes et des robes en pagaille. Elle en avait une pièce entière. Thesi choisit un pull et une jupe noirs. La jupe était un peu large, mais la longueur tombait pile.

Grand-mère la força à prendre un trench-coat et une écharpe, puis elle appela un taxi et accompagna Thesi jusqu'au portail. Les cinq chats suivirent.

Lorsque le taxi fut en vue, tournant au coin de la rue, Grand-mère demanda:

– Dis-moi, mon corbeau noir, tu veux vraiment rentrer à la maison? Parce qu'autrement, tu peux rester ici...

– Non, non, dit Thesi en secouant la tête, je rentre à la maison. Ça va mieux. Ça va même très bien!

Thesi sourit à sa grand-mère et voulut lui donner un

baiser, mais elle avait mal calculé son coup et son nez se cogna violemment contre celui d'Emma Bockskandl.

– Pardon, murmura-t-elle.

– A dimanche, dit Grand-mère en lui fourrant dans la poche un billet pour le taxi.

Thesi courut vers le taxi, se retourna, fit un signe de la main en pensant déjà à dimanche. Dans le taxi, il lui vint à l'esprit que cela faisait bien longtemps qu'elle ne s'était pas réjouie ainsi. Mais elle constata également qu'il était presque minuit et qu'elle ne s'était encore jamais absentée aussi longtemps sans dire où elle allait et quand elle reviendrait. « Papa et Maman doivent s'inquiéter », pensa-t-elle. « Ils vont m'accueillir avec des cris comme quand Sophie rentre plus tard que prévu. »

Thesi était assez fière d'avoir enfin réussi à faire ce que sa sœur faisait chaque semaine. Jamais elle n'aurait imaginé le cinéma que fit sa famille lorsqu'elle ouvrit la porte de l'appartement. Maman se jeta sur elle, la prit dans ses bras en pleurant – ce qui faisait couler son rimmel – et en murmurant sans arrêt : « Ma biquette, ma biquette, ma biquette. » Papa surgit à son tour. Il répétait : « Qu'est-ce que je vous avais dit ? qu'est-ce que je vous avais dit ? hein, qu'est-ce que je vous avais dit ? » Quant à Sophie, elle se précipita sur le téléphone, fit un numéro et brailla dans l'appareil : « Friederich, elle est de retour. Elle est de retour ! »

Maman se décida enfin à lâcher Thesi et Papa la poussa dans la salle de séjour. Thesi, complètement ahurie, se laissa tomber sur le canapé. Sophie se rua sur elle, l'examina avec des yeux ronds comme des billes et s'écria :

– Sister, qu'est-ce que c'est que ce manteau ? C'est une pure merveille ! Ne serait-ce pas un Armani ?

Pour s'en assurer, elle regarda l'étiquette dans le col.

– Mais oui ! Un vrai Armani, brailla-t-elle. Où l'as-tu trouvé ? Et elle a aussi un pull en soie naturelle ! Sister, je deviens dingue !

– Arrête un peu ! dit Thesi, laisse-moi tranquille une seconde !

Sophie lâcha le manteau. Papa s'assit à côté de Thesi.

– Où donc étais-tu, ma biquette ?

– Je préférerais ne pas le dire.

Thesi baissa la tête et examina le bout de ses souliers.

– Oh, que si, tu vas me le dire, dit Papa.

Thesi secoua la tête.

Maman s'accroupit sur le sol, devant sa fille.

– Thesi, ma biquette, dit-elle, sois mignonne. Il faut que nous sachions où tu étais jusqu'à minuit !

– C'est mon droit de ne pas le dire, murmura Thesi.

– Quoi ? ton droit ? fit Papa en se levant d'un bond. Tu dérailles ! Ça rentre à minuit, et ça veut avoir des droits ! Je connais des pères...

– Ne crie pas ! l'interrompit Maman en se levant elle aussi.

Elle avait de nouveau les larmes aux yeux.

– Je crierai si ça me plaît !

– Non, tu ne crieras pas après mes enfants ! dit Maman avec des sanglots dans la voix.

– Arrêtez de vous disputer, dit Thesi, j'étais chez Grand-mère !

– Ne mens pas, cria Papa, ou alors mens intelligemment !

Apparemment, il pensait à la mère de Maman qui habitait très loin, à environ cinq heures de train.

– J'étais chez ta mère, dit Thesi à Papa.

Il la regarda fixement. Maman la regarda fixement. Sophie la regarda fixement.

– C'est vrai ? demanda Maman.

Thesi fit oui de la tête.

– Super ! dit Sophie.

– Tu es complètement folle ! hurla Papa. Tu n'as rien à faire là-bas ! Je t'interdis d'y aller !

– Pourquoi ? demanda Thesi.

– Nous sommes fâchés avec elle, ma biquette, dit Maman.

– Mais moi, je ne suis pas fâchée avec elle, dit Thesi, et j'y retourne dimanche à midi pile.

Papa disparut dans sa chambre et claqua la porte derrière lui. Maman soupira et essuya ses joues pleines de noir avec un mouchoir.

Sophie sourit en coin à Thesi et lui fit un clin d'œil qui voulait dire : « Ne t'en fais pas, va ! »

– Toi non plus, tu ne veux pas que j'aille chez Grand-mère ? demanda Thesi à Maman.

– Personne ne peut te l'interdire. Ça ne m'est pas particulièrement agréable, mais ça, c'est moi que ça regarde !

Alors que Thesi était déjà couchée, Sophie vint la voir

et s'assit sur le bord du lit.

– Comment est-elle, la vieille? demanda-t-elle. Complètement dingue, ou normale?

– Elle n'est sûrement pas dingue, mais elle n'est pas non plus tout à fait comme les autres grands-mères.

– Il paraît qu'elle boit?

– Du champagne, oui.

– Beaucoup?

Thesi estima qu'elle devait bien ça à Emma Bockskandl : elle répondit «non».

Sophie était déçue.

– Vas-tu à l'école demain?

– Je ne peux pas sécher tout le temps

– Tu me prêteras le trench?

– Je veux le mettre demain, murmura Thesi. Et puis tu sais, elle ne me l'a pas vraiment donné. Cela dit, je crois qu'elle se fiche un peu de ses affaires.

– Elle est sympa, la vieille! dit Sophie.

Thesi avait sommeil. Elle bâilla et murmura indistinctement :

– Oui, c'est un corbeau noir; et moi aussi...

– Comment? Qui est un corbeau?

Sophie se pencha sur Thesi qui se tourna vers le mur et remonta la couverture sur ses oreilles.

Sophie éteignit la lampe de chevet et quitta la chambre. Maman attendait dans l'entrée.

– A-t-elle dit encore quelque chose? Quelque chose d'important, je veux dire?

Sophie secoua la tête.

– Elle a simplement raconté un truc à propos d'un corbeau noir avant de s'endormir !

11
Thesi sait ce qu'elle doit faire. Une grande quantité de plâtre lui vient en aide.

La lumière brûla encore longtemps cette nuit-là dans la chambre à coucher des parents Bockskandl. Ils étaient assis en tailleur sur le lit, l'un en face de l'autre, fumant force cigarettes et discutant avec agitation.

Ils n'étaient d'accord que sur un point : il fallait aider Thesi. Mais Maman trouvait « tout simplement ridicule » ce que Papa proposait comme solution, et Papa trouvait « tout bonnement impossible » ce que maman suggérait.

Papa pensait que Thesi devait changer d'école, affirmant que tous les enfants ne sont pas aussi méchants et que les sales gosses de la classe de Thesi étaient une exception ! Il ne se rappelait pas, de son côté, avoir eu quelque difficulté que ce soit à cause de son nez en classe. Et puis il était d'avis qu'on devait offrir plus de distractions à Thesi, qui ne connaissait que le train-train quotidien de l'école ! Comme ça, elle ne passerait pas son temps à travailler, elle ne prendrait plus l'école aussi au sérieux, ses notes ne seraient plus aussi bonnes et personne ne pourrait plus la traiter de fayotte et la mépriser. Papa avait déjà prévu pour sa fille des parties de tennis et de natation, des sorties au théâtre et dans les salons de thé, des promenades le week-end et des visites de musées : bien naturellement sous sa protection et sa conduite. Mais surtout, disait Papa, on devait à tout prix empêcher que Thesi continue de voir sa grand-mère. Cette femme était une cinglée alcoolique et sûrement pas un exemple à suivre. « La vieille ne cherche qu'à me jouer un mauvais tour ! Je ne la laisserai pas semer la zizanie entre ma fille et moi ! Ce serait le plus beau jour de sa vie si elle arrivait à liguer Thesi contre nous ! »

Maman voyait les choses autrement. Selon elle, personne ne pouvait empêcher un enfant d'aller voir sa grand-mère. Elle ne croyait pas non plus que les camarades de classe de Thesi fussent des garnements particulièrement terribles. Surtout, elle ne pensait pas que Papa tiendrait les belles résolutions qu'il avait prises pour sa fille. « Ne sois pas ridicule, tu n'as jamais le temps pour les enfants. Ces dix dernières années, tu n'es pas venu une seule fois en week-end avec nous. Chaque fois que je prends des places de théâtre, il faut que j'aille les rendre. Tu n'as de temps que pour ton travail ! »

Maman pensait qu'il fallait faire appel à un bon psychologue, qui réussisse à « consolider la personnalité » de Thesi. « Nous-mêmes ne pouvons rien pour elle, sans quoi elle n'en serait pas là. Nous avons commis des erreurs, mais je ne sais pas lesquelles. Un spécialiste pourra nous le dire. »

Papa n'avait pas une très bonne opinion des psychologues et encore moins des gens qui ont besoin d'un psychologue pour résoudre leurs problèmes de famille ! Maman affirmait que c'était tout simplement parce qu'il avait peur de voir la réalité en face. Elle disait que son attitude vis-à-vis des psychologues était typique. Cela venait certainement du fait qu'il n'avait pas encore bien éclairci sa «relation à sa mère», d'où aussi sa fureur de voir que Thesi allait rendre visite à la vieille dame. Celle-ci n'était pas folle, absolument pas, pas plus qu'il y a dix ans! Et Papa ferait mieux de réfléchir aux raisons qu'il avait de se mettre en fureur, tout simplement parce que sa mère, à un âge avancé, faisait les yeux doux à son petit ami. Un fils «normal» aurait dû plutôt s'en réjouir.

Là, Papa fut pris d'une violente colère. Il accusa Maman d'avoir la tête farcie de lectures idiotes et mal digérées et s'écria qu'il ne voulait plus aborder ce sujet avec elle, qu'il ne la laisserait pas faire de telles suppositions et que de toute façon il était bien trop tard et qu'il avait besoin de sommeil parce que demain serait une journée chargée!

– Demain c'est samedi, dit Maman.

– Je travaille aussi le samedi, dit Papa.

– Parce que tu le veux bien, dit Maman.

– Ce n'est pas tes oignons, dit Papa et il se coucha en chien de fusil, remonta sa couverture et éteignit la lampe de chevet de son côté.

– Je croyais qu'à partir de demain tu devais te consacrer à ta fille, dit Maman d'un ton sardonique.

Papa ne répondit pas.

– Aucun de tes collègues ne travaille le samedi, reprit-elle, tu es le seul fourré au bureau pendant le week-end!

Papa ne répondit toujours pas. Maman soupira et éteignit sa lampe de chevet à elle.

– Bonne nuit, dit-elle.

– Bonne nuit.

Lorsque la voix métallique du radio-réveil annonça qu'il était « exactement six heures et demie », Papa le fit taire brutalement, remonta la couverture sur ses oreilles et se rendormit. Thesi, elle, était réveillée depuis longtemps. Cela faisait bien une demi-heure qu'elle était à la cuisine et buvait son café. Elle n'avait pas faim. Elle se sentait vaseuse. Elle avait oublié la sensation-du-beau-corbeau-noir éprouvée la veille. Tout s'était effacé pendant la nuit. Une autre chose avait disparu : elle n'arrivait plus à rêver d'opération esthétique !

A son réveil, elle avait bien essayé une douzaine de fois. Rien à faire ! Elle se représentait l'accident d'auto, le trajet en ambulance, la salle d'opération, mais son rêve s'arrêtait là. Des images de la réalité surgissaient ensuite sans arrêt à la place des images fictives, et des voix réelles remplaçaient les voix imaginaires.

« On ne peut pas transformer un pif comme ça en nez en trompette ! » entendait-elle Emma Bockskandl dire au moment où le médecin-chef aurait dû annoncer : « Nous avons fait de notre mieux. » Et à la place de l'infirmière lui tendant le miroir dans lequel devait se refléter son beau visage tout neuf, elle voyait Charlie et Bigi auxquels se joignait bientôt Friederich qui lui disait : « Tu es et resteras à jamais une trouillarde ! »

Profondément frustrée, Thesi avait fini par se lever,

elle qui, en ce samedi matin, aurait eu tant besoin de son rêve pour fuir la terrible réalité.

Elle se versa une troisième tasse de café qu'elle vida à petites gorgées rapides, se leva et alla à la salle de bains. Une Thesi pâle et triste se reflétait de tous côtés. Thesi ne se donna même pas la peine de tricher avec les miroirs. Elle se plaça devant un lavabo, ouvrit le robinet d'eau froide, s'aspergea légèrement le visage, se fourra la brosse à dents dans la bouche en fixant le miroir au-dessus du lavabo, étonnée de supporter si bien la vue de son visage. Elle cracha une mousse bleu clair tachetée de rouge, prit une gorgée d'eau qu'elle laissa clapoter entre ses dents et essuya le reste du dentifrice sur ses lèvres en se demandant si elle devait aller à l'école ou non, demander à Sophie si «le cinglé» était revenu ou se taire.

Elle n'arrivait pas à prendre de décision. Aller à l'école lui semblait aussi impossible que de rester à la maison. Et elle ne supportait pas l'idée que toute la famille fût au courant de l'histoire des photos de Sophie. Elle supportait encore moins le fait d'ignorer si Axel était revenu ou pas.

Elle se brossa les cheveux et se fit une grosse tresse qu'elle se fixa en chignon sur le sommet du crâne. A sept heures pile, de la musique se mit à hurler. Le teckel de Sophie se réveillait. Bien que trois cloisons les séparent, Thesi entendait distinctement les paroles de la chanson et même ce que disait le présentateur. Puis la musique se changea en un vacarme assourdissant, la porte de la salle de bains s'ouvrit et Sophie, son teckel sous le bras, apparut.

Elle fit un signe de tête à Thesi, s'assit sur le rebord de la baignoire et baissa le son de son teckel. C'était tout à fait inhabituel.

– Dis-moi, sister, je ne vais pas tourner longtemps autour du pot. Je crois que le cinglé d'hier ne l'était pas. C'était ton correspondant, et tu lui as envoyé des photos de moi, hein ?

Thesi ne la contredit pas.

– Tu y tiens vraiment à ce type ? dit Sophie en essayant de prendre un ton enjoué, comme si elle parlait d'une affaire bénigne.

Thesi secoua la tête.

– Ouf, j'avais peur d'avoir gâché un grand amour, gloussa Sophie. Mais ce type n'était vraiment pas un article de premier choix. Tu n'as pas perdu grand-chose ! (Elle se leva et tapota l'épaule de Thesi.) Ne prends pas ça trop à cœur, sister ! Prends-le comme un gag ! Marre-toi !

Thesi n'avait pas envie de rire, mais ça lui faisait plaisir de voir que Sophie prenait la chose d'un si bon côté. Il était finalement peut-être plus difficile de sillonner la ville un samedi après-midi de grande affluence vêtue d'un chapeau de paille et de ses seules chaussettes que de se retrouver ainsi l'âme à nu et livrée à sa famille.

Sophie avait cessé de glousser.

– Et puis autre chose, sister. Il se passe qu'il y a quelques idiots dans ta classe qui pensent que…

Sophie expliqua l'histoire de la prétendue trahison. Elle ne savait pas sa sœur déjà au courant. Mais celle-ci l'écouta sans l'interrompre.

– Si, malgré tout, tu veux toujours aller en classe aujourd'hui, dit finalement Sophie, Friederich et moi sommes prêts à te protéger. Nous t'accompagnerons dans ta classe et leur dirons ce qu'il en est, à ces idiots ! Et nous attendrons que le professeur arrive. Et pendant la récréation, nous reviendrons. Nous avons décidé cela hier.

– Je ne sais pas, murmura Thesi, ça me paraît un peu absurde.

– Je ne trouve pas ! dit Sophie qui se fourra le majeur droit dans la bouche et commença à se ronger l'ongle.

– On dirait que je suis un bébé, dit Thesi, un bébé qui n'ose pas s'aventurer dans le bac à sable sans sa maman !

Sophie ôta sa chemise de nuit, entra sous la douche et ouvrit le robinet. Elle se plaça sous l'eau en faisant attention de ne pas se mouiller les cheveux.

– J'irais bien lui dire ses quatre vérités à ce Charlie, cria-t-elle. Je n'aime pas particulièrement les gens qui répandent de tels mensonges. Pas plus que les gens qui croient tout ce qu'on leur dit.

– Je vais y réfléchir, dit Thesi.

Elle alla dans sa chambre et rassembla ses affaires de classe. Le samedi était un jour tranquille : histoire, religion et deux heures de dessin. Pour la religion, on n'avait besoin de rien. Pour le dessin non plus : les affaires dont on se servait restaient dans la salle de cours.

Elle n'avait qu'un cahier, un livre d'histoire et un stylo à plume à emporter. Thesi se demanda si elle devait prendre son cartable et décida finalement qu'une sacoche suffisait si elle laissait son livre d'histoire à la maison. On sonna à la porte. Thesi sursauta et laissa tomber son stylo à plume. Jamais personne ne sonnait à la porte des Bockskandl à sept heures et quart du matin! Etait-ce Axel? Non, c'était Friederich. Sophie, enveloppée dans une serviette de bain, alla ouvrir la porte.

– Salut, dit-il. Dépêche-toi un peu, très chère, autrement nous allons arriver en retard. Ou bien préfère-t-elle rester à la maison?

Thesi respira, soulagée. Elle enfila le pull-over d'Emma Bockskandl et un pantalon blanc qu'elle avait pris dans son armoire.

Elle entendit Friederich demander:

– Il n'y a pas de petit déjeuner?

– Si ma sœur veut bien t'en faire un, répondit Sophie.

Thesi alla à la cuisine.

– Alors, ne suis-je pas un parfait chevalier servant? demanda Friederich. Pour toi, je réponds présent même un samedi matin. Note-le bien!

Thesi versa le café en poudre dans la cafetière en pensant: «Si je ne dis pas maintenant que je veux rester à la maison, je ne pourrai plus reculer: il faudra que j'aille à l'école!»

Friederich inspecta le réfrigérateur, en sortit du beurre, de la confiture et du jambon. Il se fourra le jambon dans la bouche.

– Si quelqu'un peut parler à Charlie, c'est bien moi ! Il écoute toujours ce que je lui dis !

– Ne me fais pas rire, dit Sophie qui entra dans la cuisine en boutonnant son chemisier et remontant la fermeture Eclair de son jean. Si cet idiot t'écoutait, il l'aurait fait hier. C'est une bonne baffe qu'il lui faut ! Même deux ! Ou dix !

Friederich secoua la tête.

– Ça je ne peux pas, madame le président de la Caisse d'épargne. Je me suis bagarré pour rire avec lui une fois, à la piscine. Il est bien trop fort pour moi.

Thesi éteignit la cafetière électrique et remplit deux tasses.

– Vous êtes très gentils, dit-elle, mais je me débrouillerai toute seule. Qu'est-ce que je risque ? Ils ne m'ont de toute façon jamais aimée ! Et ils ne me parlent que quand ils ont besoin de quelque chose. (Elle essaya de sourire.) Ça ne me changera pas. Salut, j'y vais.

Friederich se leva d'un bond.

– Je viens avec toi.

– Moi aussi ! dit Sophie, qui courut chercher son cartable.

– Pour être franc... dit Friederich en avalant une gorgée de café, je n'ai pas confiance. J'ai peur que tu réfléchisses en cours de route et que tu flanches au dernier moment. Je n'ai rien contre l'école buissonnière, mais ça serait bête que tu n'ailles pas en cours parce que tu as peur. Parce qu'après, ta peur ne fera qu'augmenter, tu comprends ? Et alors tu ne pourras plus jamais y aller !

Thesi prit le trench d'Emma Bockskandl et l'enfila, bien qu'il fût beaucoup trop chaud.

– Je suis prête, dit-elle.

Dans la rue, flanquée de Sophie et de Friederich, Thesi avait un peu l'impression d'être en état d'arrestation. Mais elle ne s'en plaignait pas. Elle leur en était même plutôt reconnaissante. « Il faut toujours qu'on me force la main, se dit-elle, toute seule je n'aurais pas réussi à prendre une décision ! »

La classe de Thesi était située au premier étage, celle de Sophie au rez-de-chaussée, celle de Friederich au troisième.

« Tu ne veux vraiment pas que je t'accompagne ? » demanda Sophie soucieuse, alors qu'ils sortaient du vestiaire. Ils étaient arrivés au rez-de-chaussée. Thesi secoua la tête et monta l'escalier avec Friederich.

« Tu ne veux vraiment pas que je t'accompagne ? » demanda Friederich au premier étage. Thesi secoua la tête et remonta seule le couloir en direction de sa classe. Friederich resta au bas de l'escalier et la suivit du regard. S'il n'était pas resté là, Thesi aurait peut-être fait demi-tour. La porte de la classe était ouverte. Reni et Otto attendaient dans l'encadrement. Otto s'écria : « Attention, voilà le Tamanoir », puis disparut dans la classe avec Reni.

Thesi s'arrêta à deux pas de la porte ouverte, respira profondément et entra dans la salle. Une tomate pourrie l'atteignit en plein front alors qu'elle passait la porte. Du jus de tomate lui dégoulina sur le nez, dans l'œil droit.

Thesi voulut reculer dans le couloir, mais Charlie la poussa vers son pupitre. D'autres tomates l'atteignirent encore avant qu'elle ait rejoint sa place : deux en pleine poitrine, une derrière la tête et plusieurs sur son pantalon. Puis Charlie s'écria : « Ça suffit ! »

Thesi s'assit à sa place et chercha un mouchoir en papier dans sa sacoche. Elle n'en avait pas emporté. Elle essuya le jus de tomate mêlé de larmes avec le dos de la main.

« Et maintenant, le Tamanoir va nettoyer toutes les cochonneries », dit Charlie en montrant du doigt les tomates écrasées sur le sol. Thesi ne bougea pas. Charlie la saisit par le bras et la força à se lever. Bigi lui arracha sa sacoche, qu'elle renversa et vida de son contenu sur le pupitre.

« Et notre Tamanoir mettra les ordures là-dedans », dit-elle, « parce qu'elles sont à lui maintenant ! En récompense de ce qu'il a fait ! »

Charlie traîna Thesi d'une tomate écrasée à l'autre, la forçant à s'agenouiller, à ramasser cette bouillie avec les doigts et à mettre le tout dans sa sacoche. « Et si le Tamanoir ne fait pas ça correctement », dit-il, « il finira le travail avec sa langue, en léchant par terre ! »

Pour prouver qu'il pouvait l'y forcer, il écrasa la tête de Thesi contre le sol. Mais Thesi ne se défendait pas. Elle rampait d'une tomate à l'autre et en remplissait sa sacoche.

« C'est bien, c'est bien », l'encourageait Charlie sans la lâcher. Il la tenait par le col de son pull-over et la conduisait comme un chien en laisse d'une saleté à l'autre. Thesi avait déjà ramassé et mis dans son sac plus de la moitié des tomates écrabouillées, lorsque la porte de la classe s'ouvrit violemment.

Sophie fit irruption en criant: «Salaud», se jeta sur Charlie, lui enfonça ses dix ongles vernis dans le visage et le mordit au cou. Charlie, surpris par la soudaineté de l'attaque, tomba à la renverse sur Thesi qui roula sur le sol. Charlie se débattait au-dessus d'elle, complètement débordé par une Sophie folle de rage qui mordait, griffait, boxait en criant quelque chose à propos de méthodes nazies et de bêtes à forme humaine. Là-dessus, la cloche de l'école retentit et quelques élèves crièrent: «Arrêtez! Arrêtez!» mais personne n'osa s'interposer. Soudain Charlie fit entendre un meuglement de taureau blessé. Sophie lui avait donné un grand coup de genou entre les jambes.

Le terrible hurlement de Charlie ramena Sophie à la raison. Elle lâcha sa victime et se releva. Charlie se dégagea à son tour et regagna sa place en boitant et en se tordant comme un ver. Enfin, Thesi put se relever elle aussi. Sa sacoche gisait tout aplatie dans une mare de jus de tomate, dont Thesi était couverte.

Sophie regarda autour d'elle dans la classe et demanda en haletant:

– A qui le tour? Vous avez encore des questions?

– J'aimerais qu'on me donne le pourquoi de ce champ de bataille, dit le professeur d'histoire, perplexe, debout dans l'encadrement de la porte.

Sophie ignora superbement cette remarque et quitta la classe la tête haute. Thesi ramassa sa sacoche. Elle était souillée et absolument irrécupérable. Il ne restait plus qu'à la jeter dans la corbeille à papier.

Le professeur d'histoire se dirigea vers son bureau en s'arrêtant et en secouant la tête à chaque tomate écrasée.

– Mais que se passe-t-il, ici ? demanda-t-il.

– C'est une affaire privée, murmura Thesi en regagnant sa place.

– Privée ?

Le professeur d'histoire regarda Charlie, qui avait le visage drôlement amoché : le nez en sang, trois égratignures sur une joue, deux sur l'autre. Son œil droit était minuscule et enflé.

– Charlie, que s'est-il passé ? demanda le professeur d'histoire.

– Je suis tombé, dit Charlie.

– Ne raconte pas d'histoires, j'ai bien vu que tu te battais avec la sœur de Maria-Theresia.

– Pas du tout ! protesta Charlie toujours plié en deux. Vous avez mal vu. Elle était en train de m'aider. Quelqu'un a fait tomber des tomates dans la classe et j'ai glissé dessus !

Le professeur d'histoire soupira.

– D'accord, laissons ce sujet de côté. Si je me rappelle bien, Renate devait préparer pour aujourd'hui un exposé sur les jacqueries des paysans, non ?

– C'est fait.

Renate se leva et alla au tableau. Elle tenait à la main quelques feuillets recouverts d'une écriture serrée.

– Ah ! un moment, autrement je vais oublier !

Le professeur d'histoire tira un papier de sa poche de pantalon.

– Notre pauvre collègue Mlle Fisch s'est cassé les deux jambes avant-hier. Dans sa baignoire, ou plutôt en sortant de sa baignoire ! (Le brave homme ne put complètement réprimer l'ombre d'un sourire amusé.) Elle est à l'hôpital, plâtrée jusqu'aux hanches. On ne peut plus compter sur elle pour cette année. C'est pourquoi... (il jeta un coup d'œil sur son papier) c'est pourquoi on va vous donner un remplaçant en allemand. En attendant, la semaine prochaine, vous aurez mathématiques à la place de l'allemand. Et samedi prochain, vous commencerez à neuf heures.

Le professeur d'histoire remit son papier dans sa poche.

Silence de mort dans la classe, que le professeur interpréta comme un signe de compassion pour la Carpe. Il assura que ce n'était pas la peine de se faire trop de soucis pour Mlle Fisch, et que, pendant l'été, elle réapprendrait à courir comme un lapin. Puis il pria Renate de commencer son exposé.

Pendant qu'elle lisait ses notes, un grand murmure se fit dans la classe. Thesi passa le temps que dura l'exposé à gratter les graines de tomates sur son pull et sur son pantalon. Barbara lui tendit un paquet de mouchoirs en papier, mais Thesi n'y toucha pas.

Lorsque Reni eut terminé son laïus, le professeur d'histoire y ajouta quelques précisions supplémentaires, puis se plaignit que le climat général qui régnait dans la classe ne fût pas particulièrement propice au travail.

– Je n'aime pas parler quand il y a du bruit. J'ai déjà compris qu'il se passe quelque chose ici. Des saletés sur le sol, des saletés sur Maria-Theresia, Charlie défiguré, ce sont des preuves suffisantes. Si nous ne pouvons pas travailler aujourd'hui, faisons au moins en sorte de régler cette querelle intestine !

Sa proposition ne recueillit qu'un murmure désapprobateur. Jusqu'à l'heure de la récréation, le professeur d'histoire insista pour obtenir plus d'informations sur cette « guerre scolaire ». Mais il quitta la classe frustré et sans en savoir plus.

A peine eut-il franchi la porte que Barbara s'écria :

– Alors, vous êtes contents maintenant ? Je vous l'avais bien dit !

– Qu'est-ce que tu nous avais dit ? s'écrièrent quelques-uns.

– Tu n'as rien dit du tout ! Tu étais d'accord !

– Non, cria Barbara, j'étais contre les tomates pourries !

Gustl se leva d'un bond.

– N'essaye pas de te défiler, hurla-t-il, tu étais contre les tomates, mais c'est tout.

– Elle a raison, cria Reni, je suis témoin, elle n'était pas d'accord !

– Bien sûr que si, elle était d'accord. Tout le monde

était d'accord ! dit Otto en couvrant le chahut. Personne ne doit se défiler maintenant ! C'était une décision unanime !

Johanna ôta son T-shirt, se tourna vers Thesi et le lui mit de force dans la main.

– J'ai assez chaud avec mon chemisier. Prends-le, s'il te plaît !

Thesi prit le T-shirt et sortit. La plupart de ses camarades ne s'en aperçurent même pas, tant ils étaient plongés dans leur dispute.

Sur le chemin des toilettes, elle rencontra Sophie qui lui demanda simplement : « Ça va, sister ? »

Thesi haussa les épaules.

– Ils ont enfin compris que je ne les ai pas trahis, mais seulement parce que Fisch est à l'hôpital ! Et ils ne sont quand même pas assez bêtes pour croire qu'elle s'est volontairement cassé les deux jambes pour échapper à l'opération bouclier anti-postillons !

– Et que font-ils maintenant ? demanda Sophie.

– Ils s'engueulent !

– C'est typique.

Sophie se tapa le front avec son index. Elle arracha le T-shirt des mains de Thesi.

– Quelle horreur ! A qui est-il ?

– A Johanna !

Thesi reprit le T-shirt et se mit en marche vers les toilettes.

– Ne le mets pas, dit Sophie. Moi, à ta place, je n'accepterais rien de ces trous du cul ! Tu n'as donc aucune fierté ?

Thesi réfléchit un moment puis disparut dans les toilettes avec le T-shirt. « Elle peut parler, Sophie, pensait-elle. Elle ne s'est pas fait asperger de jus de tomate pendant la bagarre, elle ! Je ne peux quand même pas garder ce pull poisseux pendant toute la matinée ! Et puis même, ça veut dire quoi, fierté ! Si je ne veux pas changer d'école, il faudra bien que je finisse par m'entendre avec eux. Je ne peux pas rester fâchée pendant les cinq prochaines années. »

Thesi ôta son pull-over souillé dans l'un des cabinets et enfila le T-shirt. Il était beaucoup trop grand pour elle, mais au moins, ça cachait les taches de tomates sur son pantalon.

Lorsque Thesi sortit des toilettes, Charlie était à côté de Sophie. Il était affreux à voir. Son œil était maintenant complètement fermé. Son nez rouge et énorme ressemblait à une amanite tue-mouches sans les taches blanches. Les égratignures commençaient à se couvrir de croûtes et sur son menton se développait une grosse bosse.

– Il voudrait te demander pardon, dit Sophie comme si elle trouvait la chose tout à fait naturelle et indiscutable.

Charlie regardait Thesi de celui de ses deux yeux qui restait ouvert. Il avait l'air sincère.

– Je suis désolé, vraiment, dit-il en se tenant la mâchoire inférieure avec la main. Ses dents du bas, à gauche, avaient eu à résister à un choc terrible pendant la bagarre.

Il essaya de sourire à Thesi. Ce fut un sourire digne de Quasimodo. Il enleva sa main de devant sa mâchoire et la tendit. Thesi voulut la saisir. «On ne doit pas refuser une proposition de paix», pensa-t-elle.

– Moi, je n'accepterais pas si facilement, dit Sophie.

– Que puis-je faire de plus? murmura Charlie.

Apparemment, Sophie n'en savait rien. Elle se tut. Thesi saisit la main de Charlie et la serra.

Sophie tourna les talons et s'éloigna. Thesi la suivit du regard et vit qu'elle s'était mis quatre doigts de sa main droite à la bouche et qu'elle se rongeait consciencieusement les ongles.

«Elle n'est pas contente de moi», pensa Thesi honteuse. Elle aurait voulu lui courir après, mais la cloche sonna la fin de la récréation.

Escortée de Charlie, Thesi retourna dans sa classe. Tous les élèves qui les croisaient regardaient le jeune garçon avec curiosité.

– Ta sœur a-t-elle toujours une aussi bonne droite? demanda Charlie.

– Je ne sais pas, dit Thesi, elle ne se bat jamais. Puis elle ajouta: Ça fait mal?

– Ça va, dit Charlie avec une nouvelle tentative de sourire. J'ai le crâne qui bourdonne et les couilles en compote. J'espère que je ne resterai pas impuissant à vie!

Thesi sentit qu'elle rougissait et baissa la tête.

Sur le pupitre de Thesi, on avait posé une grande

feuille de papier sur laquelle on pouvait lire :

« EXCUSE-NOUS ! »

Toute la classe avait signé.

Thesi plia le précieux papier et le fourra dans sa poche. « Ce n'était pas la peine », murmura-t-elle, gênée

12
Thesi passe un dimanche qui n'est pas du goût de son père, et fait la connaissance d'un original.

Habituellement, le dimanche était pour la famille Bockskandl un jour plutôt désagréable. Maman rangeait l'appartement et vaquait aux tâches ménagères qu'elle n'avait pu mener à bien pendant la semaine, et Papa râlait, disant qu'on lui gâchait son seul jour de congé et qu'il ne pouvait même pas faire la grasse matinée à cause du bruit de l'aspirateur.

Mais ce dimanche-là, comme Maman, depuis la dispute à propos de la répartition des corvées, faisait la grève du ménage, l'aspirateur ne ronfla pas.

Papa aurait pu rester au lit, mais il n'en fit rien. Il se leva aux aurores, prépara le petit déjeuner et, allant de chambre en chambre, claironna aux oreilles des différents membres de la famille encore tranquillement endormis que le café était prêt et le pain grillé, et qu'il y aurait après le petit déjeuner une promenade surprise. Il constata avec amertume que sa proposition ne déclenchait pas d'enthousiasme excessif, mais seulement quelques bâillements ostensibles. Il ne se laissa pas décourager. «Debout, debout, ma biquette; debout, debout, mon trésor; debout, debout, chérie», dit-il à Thesi, Sophie et Maman, et il réussit effectivement à tirer femme et filles du lit. Il ne voulut pas voir le peu d'entrain avec lequel ces trois dames avalèrent le petit déjeuner qu'il avait si gentiment préparé.

– Où irons-nous ? A l'ouest, à l'est, au nord, ou au sud ? demanda-t-il.

– Où *nous* irons, je ne sais pas, dit Sophie, mais *moi* personnellement, je vais à l'ouest, à trois rues d'ici. J'ai rendez-vous à la piscine avec Clarissa et son frère !

– Et moi je retourne au lit, dit Maman, mais tu as le droit de m'inviter à déjeuner. Comme personne n'a fait les courses, on ne peut rien préparer ici aujourd'hui !

– Et moi, de toute façon, je déjeune chez grand-mère, dit Thesi, comme prévu !

– Ce n'est absolument pas prévu, s'énerva Papa. Je t'interdis d'y aller !

Papa n'avait encore jamais interdit quoi que ce soit à Thesi. La conduite irréprochable de cette dernière ne lui en avait jamais fourni l'occasion.

– Ne sois pas comme ça, Papa, dit Thesi, j'aimerais tellement y aller !

– D'accord, mais tu peux y rester, alors ! s'écria Papa.

– Tu es cinglé ? cria Maman en se levant d'un bond. Ce n'est pas encore demain la veille que tu chasseras mes enfants de la maison ! C'est vrai ça, où te crois-tu ? Va t'allonger sur le divan du psychanalyste, si tu as un problème !

– Il ne pensait pas ce qu'il a dit, plaida Thesi.

Mais ça ne fit que rendre Maman encore plus furieuse.

– Et comment, qu'il le pensait! dit-elle d'une voix farouche. Il ne sait plus ce qu'il raconte quand il s'agit de sa mère! Et toi... (elle regarda Thesi avec colère) tu me rends malade! Dois-tu toujours tout excuser? Je ne te comprends pas! Tu ne peux pas taper du poing sur la table de temps en temps? Tu ne peux pas te mettre en colère quelquefois?

Thesi lança la tartine de confiture qu'elle avait commencée sur la table.

– J'ai plus de rage en moi que vous tous rassemblés, s'écria-t-elle, mais je ne sais pas la montrer!

Elle frappa violemment la table de son poing fermé. Son poignet heurta le bord de l'assiette, la tartine de confiture sauta dans les airs, se retourna et retomba, du côté de la confiture, sur son poing.

Sophie se mit à rire.

– Voilà ce qui arrive quand je m'énerve, dit Thesi qui se leva et alla se laver la main dans l'évier.

– Allons, ma biquette, dit Maman en la serrant impétueusement contre sa poitrine, je n'ai pas dit ça méchamment. Je voudrais seulement que tu ailles bien et que personne ne te fasse de mal!

Thesi se libéra de l'étreinte maternelle et s'essuya les mains.

– Yen a encore qui bouffent? se renseigna Sophie.

Comme elle n'obtint pas de réponse, elle considéra le petit déjeuner dominical comme terminé et commença à ranger la vaisselle sale dans le lave-vaisselle.

Maman la regardait avec des yeux ronds.

– Mais mon trésor, assistons-nous à une métamorphose fondamentale, ou agis-tu là dans un moment d'égarement ?

Sophie posa la tasse qu'elle avait à la main sur la table et dit en claquant la porte du lave-vaisselle :

– Tu es et restes quelqu'un de profondément démoralisant ! Quand on a été ta fille durant quelques années, on se prend à rêver du couvent !

Puis elle quitta la cuisine.

– Je ne me sens pas très sociable aujourd'hui, dit Maman et elle quitta la pièce à son tour.

Thesi rouvrit le lave-vaisselle et continua ce que Sophie avait commencé. Papa l'aidait en vidant les assiettes dans la poubelle.

– Ecoute, Papa, dit-elle, ce n'est pas dirigé contre toi si je vais chez Grand-mère. Le problème que tu as avec elle, ça ne me regarde pas.

Papa secoua la tête d'un air buté.

– Nous n'avons même pas parlé de toi, dit Thesi.

– Ça viendra. Tu vas voir qu'elle va se mettre à dire des horreurs sur mon compte. Elle le fait avec tout le monde.

– Eh bien, alors, je lui dirai qu'elle a tort et que tu es quelqu'un de chouette.

Thesi déposa un gros bisou sur la joue de son père, là où il n'avait pas de barbe. Il en parut touché. Avant qu'il puisse ajouter quoi que ce soit contre la visite à Grand-mère, Thesi avait quitté la cuisine. Elle resta un instant indécise dans l'entrée, mais en entendant son père derrière elle qui avait l'air de vouloir reprendre la discussion, elle alla se réfugier dans la salle de bains. Sophie était dans la baignoire, disparaissant sous une montagne de mousse. On apercevait juste sa tête.

– Excuse-moi, dit Thesi, je ne veux pas te déranger, mais Papa me poursuit !

– Tu ne me déranges pas, murmura Sophie.

Thesi enleva sa chemise de nuit et se dirigea vers la douche.

– J'aimerais bien avoir tes seins, dit Sophie, les miens sont beaucoup trop ronds, on dirait des brioches.

– Et qu'est-ce qu'ils ont de spécial, les miens ? demanda Thesi en entrant sous la douche.

– Tu as des seins en poire, c'est bien plus érotique !

– Pourquoi ça ?

Thesi ouvrit le robinet, ferma les yeux et laissa l'eau chaude couler sur son corps. Elle se tâtait minutieusement la poitrine.

– Je ne sais pas, dit Sophie en riant, ce sont les hommes qui ont décidé ça entre eux. En fait, c'est dégoûtant.

– Quoi donc ?

Thesi cherchait à tâtons le robinet d'eau chaude.

– Que ce soit toujours les hommes qui fixent les normes.

Sophie ôta le bouchon de la baignoire et se leva. Elle saisit la pomme de douche.

– Une bonne douche froide, c'est excellent pour la santé, dit-elle, mais j'ai peur de faire une crise cardiaque si j'ouvre l'eau froide maintenant. Et ce ne serait plus si excellent que ça.

– Ce serait même tout à fait contre-indiqué, murmura Thesi.

Sophie doucha son corps sensible à l'eau chaude, sortit de la baignoire, s'assit devant la «psyché» et commença la chasse aux points noirs.

– Finalement, tu y vas chez Grand-mère ?

– Bien sûr, dit Thesi.

Sophie se découvrit un point noir à la racine du nez et se mit en devoir de le presser. Toute à cette occupation, elle demanda :

– Crois-tu que je pourrais y aller aussi ?

Thesi sursauta. Amener Sophie chez Grand-mère était bien la dernière chose à laquelle elle aurait pensé. Mais d'un autre côté, c'était aussi sa grand-mère.

– Pas aujourd'hui, bien sûr, dit Sophie, j'ai d'autres projets. Mais une autre fois ?

Thesi se sentit soulagée.

– Bien sûr, murmura-t-elle.

– Merde, mille fois merde !

Sophie examina dans le miroir l'endroit où elle avait pressé. Il y avait là une tache rouge.

– Je suis horrible maintenant !

Elle tira la langue à son reflet et quitta la salle de bains. Thesi resta encore sous la douche. Lorsque l'eau devint tiède, elle se décida à fermer le robinet, honteuse. Honteuse parce que Maman n'aurait plus d'eau chaude pour sa toilette. Thesi sortit de la cabine de douche.

Bien que cette fois elle ne l'ait pas voulu, les miroirs étaient couverts de buée. Deux filles sous la douche dégagent pas mal de vapeur. Thesi essuya un bout de miroir avec une serviette et se regarda. Où donc Grand-père avait-il pu découvrir de «l'harmonie» dans une gueule pareille?

– Harmonie, murmura Thesi à son image. Harmonie, répéta-t-elle.

Le mot lui paraissait brusquement étrange. «Notre mariage n'est pas harmonieux», avait confié dernièrement Maman à son amie Alice. Et elle avait dit à Papa que sa nouvelle cravate s'harmonisait bien avec son nouveau complet.

D'accord, un mariage harmonieux, c'est un mariage sans dispute. Et quand deux couleurs ne «jurent» pas, on parle aussi d'harmonie. Mais où donc était cette satanée harmonie dans un visage? Quand le nez et les yeux allaient bien ensemble? Quand la bouche vivait en paix avec le menton?

Thesi soupira et s'empara d'une petite pince à épiler sur l'étagère sous le miroir. Des sourcils épais comme des moustaches et qui descendaient jusqu'à la racine du nez n'étaient sûrement pas harmonieux. Thesi appliqua la pince à l'endroit à dégager, tendit la peau entre deux doigts – comme elle l'avait vu faire à Maman et à Sophie – et se mit à s'épiler. Elle débroussailla d'abord entièrement la racine du nez puis s'attaqua à l'arc de ses sourcils.

– Oh, sister, laisses-en un peu!

Sophie était revenue dans la salle de bains.

– Tu vas devenir chauve si tu continues, dit-elle et elle alla vers Thesi et examina ses sourcils avec intérêt. Donne-moi ça et ferme les yeux.

Elle prit la pince des mains de sa sœur et se mit à l'ouvrage.

– Tu veux que je te maquille ?

A sa grande surprise, Thesi s'entendit répondre « oui ».

A onze heures précises, une Thesi transformée de la tête aux pieds quitta la maison. Sophie avait travaillé une heure durant à son visage. Elle lui avait dessiné un trait noir sous les cils, étalé du vert sur les paupières, appliqué du maquillage beige et du rouge à lèvres rose, le tout rehaussé de petites touches de rouge.

Friederich s'aperçut tout de suite de la transformation.

– Eh bien, baby, avait-il dit alors que, peu avant le départ de Thesi, il était venu voir si par hasard il ne restait pas quelque chose à grignoter chez les Bockskandl, eh bien, baby, tu es devenue une autre femme !

Ça avait sonné plutôt positivement. Même Maman avait regardé Thesi avec étonnement à son second réveil. Seul Papa murmura quelque chose à propos de visages « bêtement peinturlurés » et de « la mauvaise influence qui se faisait déjà sentir ».

Thesi se rendit à pied chez Grand-mère. Elle avait décidé de ne pas prendre le tramway, parce qu'elle voulait quitter la maison au plus vite. Et cela pour deux raisons : elle avait peur, d'une part que Papa ne mette quand même son veto et ne l'empêche de partir, d'autre part – et le danger lui semblait bien plus grand – que Sophie ne ressente au dernier moment l'envie de venir avec elle. Sophie avait suffisamment d'amis ! Tout le monde l'aimait ! Elle n'avait pas besoin en plus d'une Grand-mère !

Thesi arriva à midi pile rue Ferro. La porte du jardin était ouverte. Thesi remonta l'allée de gravier jusqu'à la maison et sonna à la porte. Personne ne vint ouvrir. Elle appuya sur la poignée. La porte n'était pas fermée à clé. Trois des chats étaient assis sur la grande table de l'entrée : les deux tigrés et le roux.

– Grand-mère ! cria Thesi.

Rien ne bougea. Elle alla dans la salle de séjour. Une multitude de journaux jonchait le sol. Le téléviseur était allumé : la revue de presse touchait à sa fin. Thesi se dirigea vers la chambre à coucher. Les portes de l'armoire étaient grandes ouvertes, le lit sens dessus dessous et recouvert d'une montagne d'habits. Thesi passa dans la salle à manger. Sur la table, un puzzle entamé. Le chat noir trônait parmi les pièces et jouait avec l'une d'elles, représentant une souris.

Thesi alla à la cuisine. Il y régnait un désordre indescriptible. De la vaisselle sale et des bouteilles vides gisaient un peu partout. Pas trace de « repas à cinq services ». C'était un désordre ancien. Les restes dans les assiettes empilées étaient déjà desséchés.

Thesi sentit son cœur battre. Elle se rappela que Papa avait qualifié Grand-mère d'« alcoolique ». Et les alcooliques, pensa-t-elle, n'ont pas toujours toute leur tête. Grand-mère était peut-être allée chercher du vin à la cave et avait trébuché dans l'escalier ? Ou bien elle avait oublié qu'on était dimanche et qu'elle avait invité Thesi, et elle était tout simplement partie. Les gens qui boivent partent peut-être de chez eux sans fermer la porte à clé ?

Thesi s'assit sur la grande table de l'entrée et se mit à caresser les chats. Cela ne plut pas à l'un d'eux qui sauta sur le sol.

Thesi se demandait si elle ne devait pas aller voir dans la cave. Mais elle ne se sentait pas vraiment à l'aise dans les endroits sombres !

Au moment même où elle s'était décidée, par amour pour Grand-mère, à surmonter sa peur du noir, elle entendit de la musique. Ça ne venait pas de la maison, mais du jardin.

Puis elle entendit une voix qui disait : « Pourquoi es-tu si bien fringuée aujourd'hui, Emma ? »

Thesi sauta au bas de la table, courut dehors, fit le tour de la maison et se retrouva dans le jardin de derrière.

Grand-mère était debout près de la clôture mitoyenne. De l'autre côté, il y avait un garçon à peu près du même âge que Thesi. Celle-ci s'élança vers Grand-mère, bien contente de voir qu'elle ne gisait pas cuvant son vin dans la cave.

Grand-mère l'embrassa sur la joue. Le garçon grimaça un sourire. La musique venait d'un transistor qu'il portait sous un bras. Il escalada la clôture, fit une révérence et dit :

– Je m'appelle Joseph-Maria.

– Et moi Thesi.

– Je le sais. (Joseph-Maria fit la grimace.) Je suis toujours au courant de tout. (Puis, regardant Emma Bockskandl :) Qu'y a-t-il à manger aujourd'hui, Emma ?

– Je n'ai jamais vu un tel pique-assiette, dit Grand-mère. Un goinfre pareil, il n'y en a pas un deuxième.

– Si, dit Thesi, Friederich, notre voisin.

Joseph-Maria enfonça son index dans le ventre d'Emma Bockskandl.

– Tu n'aurais pas un reste de saumon, Emma ? demanda-t-il. Chez nous, il y a de la poitrine de veau farcie, à midi, il faut absolument que je me défile !

Thesi approuva de la tête. La poitrine de veau farcie, avec tous les tendons, la peau et le gras, lui donnait aussi la chair de poule.

– Je n'ai rien préparé, dit Emma, aujourd'hui je vais au restaurant avec ma petite-fille.

Joseph-Maria enfonça une nouvelle fois son index dans le ventre d'Emma Bockskandl.

– Deux dames seules au restaurant, c'est bien triste. Une présence masculine animerait un peu le repas, non ?

– Où vois-tu un homme ? demanda Grand-mère.

– Ici, ma chère Emma !

Joseph-Maria s'enfonçait l'index dans le ventre. Grand-mère regarda Thesi d'un air qui voulait dire : « Qu'est-ce qu'on fait, on l'emmène ? » Thesi fit oui de la tête. Joseph-Maria lui plaisait.

– Bon, mais mets-toi sur ton trente-et-un, cher Monsieur, dit Grand-mère, aujourd'hui nous sortons le grand jeu.

– Queue-de-pie ou burnous ? demanda Joseph-Maria.

– Pantalon propre et T-shirt non troué, dit Grand-mère.

– Tout de suite, Emma-Darling.

Joseph-Maria escalada la clôture et fila en direction de chez lui. Grand-mère le suivit du regard.

– Il fait le clown, mais c'est un pauvre diable. Son père est un idiot et l'embête sans arrêt ! (Grand-mère ricana.) A vrai dire, le garçon le lui rend bien. Il l'appelle Monsieur Meier !

– Pourquoi ? demanda Thesi.

– Ben, parce qu'il s'appelle comme ça !

Thesi ne comprenait pas.

– Il appelle son propre père Monsieur Meier ?

Grand-mère fit oui de la tête et ajouta :

– Et il appelle sa mère Olga !

– C'est la grande mode en ce moment, expliqua Thesi. Dans ma classe aussi, il y en a quelques-uns qui appellent leur mère par son prénom.

– Mais sa mère ne s'appelle pas Olga, dit Grand-mère, elle s'appelle Catherine. C'est la femme de ménage qui s'appelle Olga, mais elle, il l'appelle Grand-mère !

– Etonnant, dit Thesi, et elle se réjouissait fort de déjeuner avec cet étrange garçon.

Emma Bockskandl emmena Thesi et Joseph-Maria dans un vrai restaurant cinq étoiles. Trois serveurs en habit faisaient constamment le guet autour de leur table, et se croyaient absolument obligés de leur venir en aide à tout bout de champ. Autour d'eux étaient assis des messieurs et des dames d'un certain âge, se parlant à voix basse. Les serveurs apportaient les plats sous de gigantesques cloches en argent, le visage si grave qu'on aurait pu croire qu'ils portaient le Saint-Sacrement. Dans le menu, les plats avaient des noms que Thesi n'avait encore jamais entendus: rouget-grondin et saumon-mousse d'oseille, caille en habit de carotte, ris de veau et blinis-sauce morilles...

Thesi examinait, perplexe, la carte délicatement écrite à la main. Joseph-Maria n'avait pas ces problèmes. Il commanda une soupe de cerfeuil au crabe, une sole pochée, une côte d'agneau sur garniture de courgettes cuites à l'étuvée et une tarte aux fraises couronnée d'une mousse d'amandes.

– La même chose pour moi, s'il vous plaît, dit Thesi pour se tirer d'embarras.

Joseph-Maria avait bien choisi. Le problème, c'est que Thesi n'avait déjà plus faim après la sole. Mais elle se força à dévorer bravement la côte d'agneau, de peur que les trois serveurs à l'affût ne se fâchent. Elle cala à la tarte aux fraises. Joseph-Maria prit pitié du pauvre gâteau abandonné. Il ne paraissait pas impressionné du tout par les serveurs. Il bavardait sans cesse et riait fort. Il raconta que cette année il aurait très certainement trois «insuffisant» dans son bulletin scolaire et que Monsieur Meier lui demandait constamment s'il comptait devenir balayeur ou «monsieur pipi».

Il raconta encore qu'il aimait bien sécher l'école, décrivant avec quelle maestria il imitait alors la signature du père Meier au bas de son mot d'excuse. Il expliqua que, dans son club de natation, il passait pour le futur champion d'Europe de papillon et que, plus tard, il irait s'installer sur une île grecque ; et que sa petite sœur était une vraie chipie, qu'il empoisonnerait très prochainement à la strychnine.

Lorsque, à la fin du repas, Emma Bockskandl fila vers les toilettes, Joseph-Maria tapota la main de Thesi et dit :

– J'espère que tu m'en laisseras un bout, d'Emma !

Il grimaça, l'air gêné.

– En fait, je m'étais promis de ne pas te parler !

– Pourquoi ? demanda Thesi.

– Par jalousie. Jusqu'à présent, Emma était à moi tout seul. Et je ne suis pas très prêteur.

Thesi ne sut que répondre.

– Mais je te trouve sympa, dit Joseph-Maria, alors il sera plus facile de partager, je suppose !

Puis il se tut parce que Grand-mère revenait des toilettes. Elle demanda l'addition qu'on s'empressa de lui apporter sur un plateau d'argent, recouverte d'une serviette. Elle fourra quelques billets sous la serviette et se leva.

– Bon, on y va ? dit-elle.

L'un des serveurs escorta Thesi, Joseph-Maria et Emma Bockskandl jusqu'à la porte, pendant qu'un autre se chargeait de leur appeler un taxi.

– Rue Ferro, dit Grand-mère au chauffeur.

Thesi respira. Elle avait eu peur que Grand-mère ne la ramène à la maison.

– Il faudrait en principe que j'aille bosser un peu, dit Joseph-Maria, mais tant pis. Je vais continuer à m'occuper de vous. Sans moi, vous seriez deux petites dames complètement perdues.

– Ça c'est sûr, dit Emma Bockskandl en riant et lui donnant une bourrade.

– Ça c'est sûr, répéta Thesi.

Ça ne la dérangeait pas que Joseph-Maria reste avec elles. Bien au contraire. Partager Emma Bockskandl avec lui était un plaisir.

13
L'histoire se termine, comme il se doit, dans la joie et l'espérance.

A compter de ce dimanche, Thesi alla rendre visite à Grand-mère deux fois par semaine, mais le mercredi et le samedi. Papa avait récemment insisté pour que le dimanche fût «jour des pères». Thesi trouvait qu'il ne fallait pas perdre tout sens de la famille et se soumit sans broncher à ce diktat dominical.

Quand Thesi arrivait chez Emma Bockskandl, Joseph-Maria était bien sûr déjà là. Il avait même sa chambre à lui chez Grand-mère. Une petite chambre sous les toits. Il expliqua à Thesi qu'il n'avait hélas pas le droit d'y dormir. Monsieur Meier était contre. Mais quand il avait envie d'être seul, cette chambre était son refuge. Chez lui en effet, il n'avait pas un moment de tranquillité. A peine avait-il fermé sa porte que sa mère arrivait, frappait et vérifiait s'il faisait gentiment ses devoirs ou alors le chargeait de s'occuper de sa petite sœur, d'aller vider la poubelle ou de faire la vaisselle.

– Et ça ne leur fait rien, que tu sois toujours fourré chez Emma ? demanda Thesi, maintenant habituée, elle aussi, à appeler sa grand-mère par son prénom.

– Ils ont la trouille, expliqua Joseph-Maria. Monsieur Meier a emprunté pas mal d'argent à Emma et il ne peut pas le lui rendre. S'il m'interdisait d'aller la voir (Joseph-Maria ricana), Emma pourrait le prendre mal et exiger qu'il la rembourse. Il n'ose même plus me donner de claques depuis qu'Emma lui a dit qu'elle ne voyait pas ça d'un bon œil.

Un jour que Thesi était assise avec Joseph-Maria dans le jardin d'Emma, celui-ci dit : « Je crois que nous avons déjà joué ensemble, il y a bien longtemps. Tu étais avec une petite fille blonde. J'ai joué au ballon avec elle et toi tu es restée debout à côté. Ça doit bien faire huit ans. »

Thesi doutait de l'exactitude des souvenirs de Joseph-Maria. Si elle avait vraiment joué avec lui, expliqua-t-elle, « elle se le rappellerait ! »

– J'en suis sûr, insista Joseph-Maria, je revois parfaitement ton nez devant moi.

Thesi baissa la tête.

– Ah, alors ça doit être vrai, murmura-t-elle.

– Allons ! s'écria Joseph-Maria, ne sois pas si susceptible ! Comme tu n'aimes pas ton nez, tu te persuades que les autres ne l'aiment pas non plus.

– Personne ne l'aime, dit Thesi.

– Si !

Joseph-Maria prit la tête de Thesi à deux mains et lui embrassa le bout du nez.

– Arrête ! cria Thesi.

Joseph-Maria ne se laissa pas émouvoir et lui embrassa le nez avec ferveur. Enfin, il lâcha la tête de Thesi. Elle essuya son nez humide du dos de sa main.

– Je n'embrasse jamais ce que je n'aime pas, dit

Joseph-Maria. Mes oreilles, par exemple, je ne les embrasserais pour rien au monde.

– Qu'est-ce qu'elles ont, tes oreilles ?

– Oh arrête ! (Joseph-Maria saisit une oreille dans chaque main et les tira.) De vraies écoutilles ! Des oreilles d'âne ! Charnues à souhait, absolument répugnantes !

Thesi les examina. Elles n'étaient effectivement pas très belles.

– On s'en fout des oreilles, dit-elle.

– On s'en fout aussi des nez.

– Le nez, c'est plus important.

– Pourquoi ?

– Parce que.

– Qu'on m'appelle moi le Roi de l'écoutille, ou toi le Tamanoir, c'est la même chose.

– Le Roi de l'écoutille, ce n'est pas aussi méchant.

– Tu rigoles, dit Joseph-Maria en souriant, tu trouves ça moins méchant parce que ça ne te concerne pas.

– Mais tu n'as pas à souffrir de tes oreilles, s'écria Thesi.

– Si, dit Joseph-Maria d'un air sombre, parce que personne ne les embrasse.

Il tirailla de nouveau ses oreilles.

– Les pauvres écoutilles passeront toute leur vie sans connaître les joies d'un baiser !

Lorsque Thesi rentra chez elle ce jour-là, Joseph-Maria l'accompagna jusqu'à l'arrêt du tram. Elle attendit que le tram fût arrivé, puis, rapide comme l'éclair, elle embrassa Joseph-Maria sur l'oreille droite puis sur l'oreille gauche et bondit dans la voiture. Les portes claquèrent et Thesi regarda Joseph-Maria par la vitre. Il était debout devant le panneau de l'arrêt et se tenait les oreilles en lui souriant.

Thesi n'entendit plus jamais parler d'Axel Lindner. Parfois, elle relisait ses lettres, alors elle regrettait un peu son ancien correspondant. Mais il avait moins d'importance qu'avant. Thesi avait maintenant suffisamment à faire et moins besoin d'occuper ses heures libres à écrire. Ces derniers temps d'ailleurs, Friederich s'occupait énormément d'elle. Il l'invita même au cinéma – à vrai dire, c'est Thesi qui dut payer les deux places – et il lui fit une sorte de déclaration d'amour, en gueulant, dès qu'elle se mettait à parler de Joseph-Maria : « Arrête de me parler de ce petit génie, ça me fait flipper de jalousie ! »

Un jour qu'ils revenaient du cinéma, il posa son bras sur ses épaules et essaya de l'embrasser. Ce fut un baiser plutôt maladroit, plaqué à la hâte sur la joue, entre le coin de la bouche et le lobe de l'oreille. Thesi ne trouva pas ça particulièrement agréable, mais elle se tint tranquille car elle aimait bien Friederich. Elle lui était même plutôt reconnaissante de ce qu'il s'occupait beaucoup d'elle à l'école pendant les récréations : il faisait avec elle le tour de la cour ou lui dévorait son goûter près de la fenêtre du couloir.

En classe, plus personne ne se moquait de Thesi, et Bigi avait même cessé de faire des caricatures de tamanoir. Quand on s'adressait à elle, on ne l'appelait plus par son surnom mais Maria-Theresia. Pourtant personne n'était vraiment son ami. On la laissait simplement en paix, en gardant ses distances.

– C'est clair, expliqua Friederich, tu leur donnes des remords. A chaque fois qu'ils te regardent, ça leur rappelle de quelles noirceurs ils sont capables.

– Qu'est-ce que je peux faire pour que ça change ?

– Rien, soupira Friederich, plus tu seras gentille, plus ils se sentiront coupables.

Thesi demanda son avis à Joseph-Maria.

– Ce petit morveux pourrait bien avoir raison, dit Joseph-Maria, mais si je comprends bien, ça signifie qu'il faudrait que tu sois particulièrement odieuse avec eux pour qu'ils ne se sentent plus coupables.

– Mais comment faire pour être odieuse ?

Thesi regarda Joseph-Maria, effrayée. Celui-ci affirma que ce n'était pas les idées qui lui manquaient, « mais tu n'y arriveras jamais, mon corbeau noir ! » Il embrassa Thesi sur le bout du nez. « Et puis même », dit-il, « estime-toi heureuse que je sois le seul à t'aimer. S'il y en avait d'autres, ça ne serait pas bon pour toi. Tu deviendrais prétentieuse. »

Peu avant la fin de l'année scolaire, un mercredi matin, Thesi, sortant des W.-C. et se dirigeant vers la salle de bains, s'arrêta devant la porte de la cuisine en entendant la voix de Maman qui disait :

– Ne fais pas ça, mon trésor ! Thesi n'aimera pas !

– Qu'est-ce que je n'aimerais pas? dit Thesi en entrant dans la cuisine.

Maman ne répondit pas. Elle se tourna vers la fenêtre et trafiqua le rideau.

– Elle dit que tu n'aimerais pas que j'aille avec toi chez Grand-mère, dit Sophie.

Thesi essaya de sourire à sa sœur. Ce n'était pas facile. Elle brûlait d'envie de lui dire: «Laisse Emma tranquille, elle est à moi.» Mais on ne peut quand même pas dire une chose pareille à une sœur qui, ces derniers temps, était très, très gentille. Alors Thesi dit: «C'est autant ta grand-mère que la mienne», puis elle alla dans la salle de bains. Elle avait envie de s'asseoir sur le rebord de la baignoire et de pleurer tout son soûl. Elle se disait: «Maintenant, Sophie va faire irruption chez Emma, et avec son sourire vainqueur, elle va ensorceler non seulement Grand-mère mais aussi Joseph-Maria, et je resterai une fois de plus sur la touche. Contre Sophie, je n'ai aucune chance.»

Toute la matinée, Thesi ne put s'empêcher de penser à la future visite de Sophie chez Emma. Elle était tellement préoccupée qu'elle ne prêta guère d'attention au cours. Pendant l'heure de mathématiques, cela se remarqua tout de suite. Le professeur de maths avait en effet pris la bonne habitude, après n'avoir entendu que des énormités, d'aller chercher la réponse exacte auprès de Thesi. Chaque fois qu'un élève avait sorti une bourde, le professeur se tournait vers elle et disait: «Bockskandl, mon bon génie, donne-moi la réponse.» Et

Thesi devait se lever et résoudre le problème. Cette fois-ci, elle ne put lui faire ce plaisir. «Pardon ?» demanda-t-elle trois fois mollement, quand ce fut à son tour de répondre. Et à la quatrième tentative du professeur, elle dit d'une voix excédée : «Je n'en ai pas la moindre idée !» Le professeur en fut consterné.

– Qu'est-ce que cela signifie, Bockskandl ? demanda-t-il. Bien sûr que tu sais ! Où ton esprit se promène-t-il ?

– Tout à fait ailleurs, répondit Thesi et quelques élèves se mirent à rire.

Le professeur de maths fronça les sourcils.

– Tu ne m'avais pas habitué à de telles réponses, dit-il.

Thesi haussa les épaules. Elle ne voulait pas être impolie, mais simplement, elle ne savait pas quoi répondre.

Ce haussement d'épaules déplut fortement au professeur. Car enfin, un peu de respect ! Personne – pas même Bockskandl – n'avait le droit de hausser les épaules !

– Bockskandl ! cria-t-il furieux.

Thesi ne comprenait pas pourquoi ce type s'énervait, là-bas.

– Plaît-il ? répondit-elle.

De nouveaux rires secouèrent la classe. Thesi ne trouvait pas du tout la situation à son goût. Elle se rassit.

– Bockskandl, notre petite conversation n'est pas terminée, cria le professeur de maths.

Thesi se releva. Barbara gloussa. Johanna se retourna et chuchota : «Vas-y, fais-le tourner en bourrique !»

Thesi se disait : «Mais enfin que me veut-il ? Qu'attend-il de moi ? Que faut-il que je dise ?»

Elle fixa son pupitre et son cahier ouvert.

– Regarde-moi, s'il te plaît, Bockskandl, s'écria le professeur.

Thesi le regarda bravement.

– Assieds-toi ! s'écria le professeur.

Thesi s'assit.

– Ce n'est pas un pantin, cria Charlie.

– « Lève-toi, assieds-toi, lève-toi », cria Otto, qu'est-ce que ça veut dire ? Nous ne sommes pas à l'armée !

– Silence ! hurla le professeur.

Thesi dessinait des petits bonshommes sur son buvard en pensant à Emma, à Joseph-Maria et à Sophie. Le professeur de mathématiques la laissa tranquille jusqu'à la fin du cours.

Puis il y eut cours d'anglais. La prof demanda à Thesi de lire la rédaction qu'elle avait donné à faire à la maison : « A sunday at home ».

Thesi avait oublié son cahier d'exercices. Le souhait de Sophie d'aller chez Grand-mère l'avait perturbée pendant qu'elle préparait son cartable. Elle avait pris quelques affaires au hasard, sans se préoccuper de son emploi du temps.

– Ça peut arriver à tout le monde, dit la prof avec indulgence, lorsque Thesi lui avoua son oubli, et elle pria alors Charlie de lire son devoir.

– Moi aussi j'ai oublié mon cahier, dit-il, ça peut arriver à tout le monde.

– Ça t'arrive un peu trop souvent, dit la prof agacée. Et je ne suis pas loin de penser que tu n'as une fois de plus pas fait tes devoirs. Par contre, c'est tout à fait inimaginable de la part de Maria-Theresia.

«Andouille!» pensa Thesi. «Arrête de dire ça! J'en ai assez de jouer toujours les petites filles modèles! Je ne me laisserai plus faire! Il faut que je trouve un truc pour que les autres sachent que je ne suis pas du côté des professeurs!»

Thesi sortit un chewing-gum de son cartable, le mâcha un peu puis se mit à faire une bulle de la grosseur d'une tête de bébé. La prof d'anglais fit semblant de ne pas remarquer les activités perturbatrices de Thesi et elle pria Bigi de lire son «A sunday at home».

Thesi fit ainsi éclater trois énormes bulles, sans que le professeur prenne la peine de dire quoi que ce soit. Alors Thesi débarrassa sa table et sortit le jeu de cartes qu'elle avait acheté pour Joseph-Maria. Elle battit les cartes et se mit tranquillement à faire une réussite. La prof d'anglais ne pouvait quand même pas la laisser continuer.

– Maria-Theresia, range ces cartes immédiatement!

Thesi continua à jouer.

– Tu m'entends, Maria-Theresia?

Thesi ignora la question.

– Mais enfin, quelle mouche t'a donc piquée?

– Je m'ennuie, dit Thesi, une réussite, ça distrait.

Thesi était fière d'avoir sorti cette insolence sans bredouiller. Elle n'avait même pas mis sa main devant son nez. La prof ramassa les cartes étalées sur la table.

– Confisquées! Tu pourras aller les récupérer chez le directeur.

Thesi réfléchit à toute vitesse. Que dirait Charlie dans cette situation ?

– Je vous les offre, dit-elle, j'en ai d'autres à la maison.

– Ne sois pas insolente, maintenant, dit la prof écarlate.

– Les petits cadeaux entretiennent l'amitié.

La prof claqua les cartes sur la table de Thesi. Elles glissèrent et tombèrent sur le sol.

– Ce n'est pas comme ça qu'on traite la propriété d'autrui, dit Thesi.

Elle se baissa et ramassa les cartes. Son cœur battait la chamade, ses mains tremblaient d'énervement. « J'ai réussi », pensa-t-elle avec fierté. « Personne n'a encore été aussi insolent. »

Elle resta baissée et continua à ramasser les cartes, jusqu'à ce que la prof d'anglais ait rejoint son bureau. Puis elle se rassit à sa place et constata d'un coup d'œil discret que de nombreux camarades lui adressaient des regards reconnaissants. Charlie lui fit même un clin d'œil.

Thesi cacha ses mains dans son casier afin que personne ne vît qu'elles tremblaient. « En fait, ce n'est pas si difficile », pensa-t-elle. « Je me suis débrouillée comme un chef, j'aurais très bien pu faire ça plus tôt. » Elle lança à la prof d'anglais un regard qui voulait dire : « Excuse-moi, ma vieille, ce n'est pas après toi que j'en ai », mais impossible d'affirmer si le professeur comprit le message.

Après la dernière heure de cours, Sophie arriva dans la classe de Thesi.

– Hé, la championne de catch, comment vas-tu ? lui lança Charlie en guise de salutations.

Sophie ne daigna pas lui adresser le moindre regard.

– Je suis tout excitée, dit-elle à Thesi, ce n'est pas tous les jours qu'on fait la connaissance de sa grand-mère ! Tu crois qu'elle sera contente de me voir ?

– Bien sûr, fit Thesi mollement.

Emma fut effectivement enchantée de voir Sophie. Elle ajouta un troisième couvert dans la salle à manger et expliqua qu'elle devrait chambouler le menu du déjeuner. Un vulgaire *goulasch* n'était pas suffisamment solennel pour fêter la visite de sa « nouvelle » petite-fille. Sophie essaya de se défendre. Elle expliqua qu'elle était de toute façon au régime et qu'une biscotte suffirait, avec éventuellement une carotte.

Thesi nota avec satisfaction qu'Emma secouait la tête d'un air réprobateur. Grand-mère arrangea à la hâte un repas de fête avec cinq plats différents auxquels Sophie dut goûter chaque fois. Ça n'eut pas l'air de lui faire plaisir et Thesi ne put s'empêcher de le noter avec un certain soulagement. Sophie s'était aussi brusquement mise à éternuer. Elle était allergique non seulement à la poussière mais aux poils de chat. Et lorsque le chat noir sauta sur ses genoux pour se faire caresser, elle fut prise d'un accès épouvantable.

Joseph-Maria, qui vint les rejoindre après le repas, trouva dans le jardin, affalée sur une chaise longue, une Sophie éternuante et presque à l'agonie. Elle avait les yeux enflés et le nez rouge. Thesi et Grand-mère étaient assises à ses côtés et la regardaient tristement.

– Merde, renifla Sophie, ça n'a pas l'air de s'améliorer dehors. Il doit y avoir du pollen quelque part et j'y suis aussi allergique.

Joseph-Maria chuchota à Thesi: «Elle n'est pas aussi terrible que tu le prétends.»

Thesi lui répondit: «D'habitude, si! C'est à cause de son rhume des foins.»

Sophie éternuait de plus en plus fort, et ses yeux devenaient de plus en plus rouges. Les gouttes que lui apporta Emma ne lui étaient d'aucun secours. Thesi avait pitié de sa sœur. Mais quand celle-ci expliqua en râlant qu'elle ne supportait pas l'endroit et qu'elle devait rentrer au plus vite, elle se sentit magnifiquement soulagée.

– Comment la trouves-tu? demanda Thesi à Joseph-Maria lorsque Sophie les eut quittés.

Joseph-Maria haussa les épaules et dit en riant:

– Elle a une façon d'éternuer tout à fait sympathique.

Puis il embrassa Thesi sur le bout du nez.

Thesi s'allongea dans l'herbe et regarda le ciel bleu au-dessus d'elle. Un gros nuage gris cachait le soleil. Il se déplaçait lentement vers l'ouest. Ses contours prirent un reflet doré. «Bientôt, le soleil va apparaître», pensa Thesi et elle ferma les yeux.

– Dis, Thesi... dit Joseph-Maria.

– Ne me dérange pas, murmura-t-elle.

– Que fais-tu?

– Rien.

– Je ne comprends pas, dit Joseph-Maria.

– Je me sens bien et je veux en profiter !

Thesi se tourna sur le ventre, ouvrit les yeux et regarda Emma qui traversait la pelouse et posait deux verres de jus de fruit sur la table du jardin.

– Je l'aime énormément, dit Thesi.

– Tu parles de moi à la troisième personne maintenant ? demanda Joseph-Maria.

Thesi éclata de rire et se leva. Joseph-Maria resta allongé et lui agrippa la jambe.

– M'aimes-tu vraiment énormément ?

– Aujourd'hui, j'aime la Terre entière, dit Thesi.

– Pourquoi ?

Thesi regarda le nuage gris. C'était un nuage très paresseux. Il n'en finissait pas de passer devant le soleil. Ses contours devenaient simplement de plus en plus dorés. Thesi aurait voulu répondre : « Parce que je crois bien qu'à partir d'aujourd'hui, je vais pouvoir me débrouiller dans la vie. » Mais ça lui parut trop pompeux, trop solennel, alors elle dit tout bonnement :

– Comme ça, c'est tout.

– C'est la meilleure raison du monde, dit Joseph-Maria, et il lui mordit doucement et avec une infinie tendresse le gros orteil gauche.